JN157380

倉本聰戯曲全集 6

地球、光りなさい！／オンディーヌを求めて

倉本 聰

「地球、光りなさい！」

「オンディーヌを求めて」

倉本聰戯曲全集　6

目次

この全集は、「北の国から」（１９８１年～２００２年）など、テレビを中心に数多くの名作ドラマを手掛けた脚本家・倉本聰が、１９８４年に立ち上げた私塾「富良野塾」（のちに富良野ＧＲＯＵＰ）を中心に発表した舞台作品の台本・戯曲集です。

倉本は座付き作者として、稽古の期間はもちろんのこと、作品が仕上がり上演期間中でも、さらなる進化と深化を目指し、作品を日々改稿し続けます。この全集に載せます戯曲は、各作品の最終形態、いわゆる千秋楽公演の戯曲を底本としております。

戯曲全集第六巻・第六回の配本で、現段階では完結巻の予定である今巻には、倉本のプロとしての演劇人の出発点にある劇団仲間の「地球光りなさい」（１９６３年）から始まる、約50年間にわたる作品の醸成――進化と深化と変化という飽くなき向上心による「創作」の末に完成された富良野塾公演「地球、光りなさい！」。

そうした感動を生み出す「表現者」を志す若者たちの生き様を通して、演劇人としての求道を描いた「オンディーヌを求めて」。この2つの作品を収録しました。

特に「オンディーヌを求めて」の最終稿は、オンディーヌ役を競い合う二人の女優にもたらされる合否の結末が３つ用意され、上演中にオンタイムで演者に伝えられるという、生の「感動」を表現する倉本戯曲の一つのピークです。

今回の戯曲集は、いつもの２本立て公演を越える、４本立て（１プラス３）興行をじっくりお楽しみください。


倉本が「創作」に寄せて書く短い言葉――

「創るということは　遊ぶということ」

「創るということは　狂うということ」

倉本の60年に及ぶ作家人生はまさしくその実践。

倉本は、そこにもう一つ、言葉を重ねます。

「創るということは　愛するということ」

倉本聰という劇作家の、「感動」を生み出す「創る」道行きを、深く深く探ってみましょう。

富良野ＧＲＯＵＰ

地球、光りなさい！

1　リハーサル

雪に覆われたトドマツの森。
樹と樹に張られた一本の紐に靴下がいっぱい下がっている。
その中にクッキーをつめているレオ。
遠くからチェーンソウの音がきこえてくる。
耳をふさぐレオ。
樹が伐り倒される音。
小鳥の声。
レオ。
小鳥の声がレオにしゃべりかける。

レオ　（作業に戻って）「きいてるよ」
　　　小鳥の声
レオ　「これ？　クリスマスプレゼント作ってるの。」

間

（一寸得意げに）「このクッキー、私が焼いたのよ。」

小鳥の声

レオ「今日はね、山のクリスマスで、下の町から国の子寮の子供たちが来るの。」

短い間

レオ「そう、私の育った施設の子たち。」

間

レオ「エ？　このテープ？　――この木伐られるンだって。
この黄色いテープが伐られる印。――そう、こっちのトド松も」

小鳥の声

レオ「ダメなンだって。昨日はがそうとして、又頭（カシラ）に怒られたの。
国が決めたことだから逆らっちゃいけないって。」

間

レオ「私、毎日怒られてンだ。」

短い間

レオ「無線機分解してバラバラにしちゃったし、クリスマスの準備はまだ出来てないし。いけない！　大変だ！　急がなきゃ!!」

紐と靴下を外してあわてて片付けるレオ。

ブツブツ云いながら山から帰ってくる哲。

哲「だからな？　こゝにいる飯場のおじさんたちはガラは悪いけどみんな本当はとってもやさしい人たちなンだよ？、」

言葉が出なくなってメモを見る。

レオ「それにみんな帰る場所がないんだ」

哲「ア！　それに――――みんな帰る場所がないンだ。クリスマスだっていうのに帰る家庭がな？、　だからな？、」

又メモを見る。

哲「ア！　うン！　――――淋しいのは君たちだけじゃないンだよ？　ふるさとのない人はいっぱいいいるンだよ？、　だからな？、」

また言葉が出なくなる哲。

帰ってくるパキ。

パキ「判ラナイヨ」

哲あわててメモをかくす。

帰ってくる男たち、松田、学（ガク）。

哲　「パキ！　外人!!」

パキ　「ヘイ！」

哲　「お前頭（カシラ）殺すとこやってンぞ！　何じゃあの下手くそな木の倒し方は！」

パキ　「コメナコメナ！　テモアノ木悪イ木ヨ、ポクノ云ウコトキカナイヨ」

哲　「ガタガタ云うな！　判ったからクリスマスの準備始めろ！」

松田　「パキ！」

パキ　「ヘイ！」

松田　「サンタクロースの衣裳できたかレオにきいてきて！」

哲　「学！　――学生！」

学　「ハイ！」

哲　「チルホールのワイヤー、もっかいちゃんと巻き直しとけ！」（チェーンソウの刃磨き）

学　「又巻き直し!?」

哲　「ガタガタ云わんとサッサとやらンかい！」

パキ　（走り戻る）「衣裳出来テルゾ！」

松田「サンキュ」
学「パキ！」
パキ「ヘイ！」
学「チルホールのワイヤー巻き直し！」
パキ「チェンプカ!!?」
学「チェンプだ!!」
頭（カシラ）（入る）「何時だ」
音吉（入る）「四時二十分です」
頭「六時には国の子寮の子供たちが来る。クリスマスパーティの準備、急がせろ！」
音吉「ハイ！」
頭「ア！　一寸待てその前にパーティの担当、確認しとくゾ！
——進行！」
音吉「ハイ！」
頭「誘導！」
学「ハイ！」

頭　「スピーチ！」
哲　「ハイ！」
頭　「司会は俺で――――、食事はレオで」
パキ　「食事ハコバ、ハキバ、ハカバ」
哲　「運べ！」
パキ　「ハコブ！」
頭　「あとサンタクロースは」
松田　「私です。衣裳できてます」
音吉　「トナカイです！」
頭　「判ったなみんな！」
一同　「ハイ！」
レオ　「お風呂沸いてるよ！」
一同　「おぅ!!」
頭　「パキ！」（ヘルメットと道具渡す）
松田　「パキ！」（ヘルメットと道具渡す）
頭　「哲！」

哲　「ヘイッ」
頭　「子供たちの最終人数、子供の家に無線で確認しろ」
哲　「無線機こわれてて使えません」
頭　「こわれてる⁉」
哲　「レオが分解してもたンです」
頭　「コラー！　だめだあいつに触らしちゃ！　学！」
学　「ハイ！」
頭　「無線機、すぐ直せ！」
学　「ハイ！　パキ！　無線機すぐ直せ！」
哲　「パキ！　これちょっとオイルさしといて」
松田　「パキ！　現場に忘れてきたクサビ取ってきて」

パキ、突如半泣きで切れる。

パキ　「ポ、ポ、ポク体チェンプテ一ツシカナイヨ！　クリスマスノチュンピスルカトオグシマウカチルホールマクカ、ム、ムチェンキナオスカ、ソ、ソ、ソ、ソレチェンプスルテキナイヨ！　タイタイポ、ポ、ポクペンゴシノペンキョーデ日本来タヨ。ク、クニデハエリートトヨ！」

哲　ア、ア、アンマリヒトヲナゼルナヨ!!」
「なぜるじゃなくてなめる」
パキ「ナ、ナメルナヨ!!　コレ以上ナゼタラポクパクロスルヨ！　ポクミンナノ
日当知テルヨ、ミンナ一万五千円モラテルノニポクタケ一日八千円タヨ。
哲サンナンカ二万三千円」
松田「ブレヒト曰く、人生は短く、金は少ない。」
哲「ぱくろするならしてみいコラ！　不法滞在のこと入管にばらすぞ！」
頭（圧倒的にニコニコ）「止ァめろ!!　止めなさい!!　今夜はクリスマス!!
ネッ、世界平和の日ッ」
パキ「ポクイスラム教、クリスマス関係ナイヨ！」
頭「何云ってンだ、キリストみたいな顔しやがって」
レオ（入る）「ハイ！　歌の練習始めるよ！」

♪ Silent night
holy night
All is calm
all is bright

一同のゴスペル
「きよしこの夜」

「諸人こぞりて」

「ジングルベル」

――終る。

頭　（レオに）「どうだった」
突然はるかに、ドーン、ドーンという雪崩の音。

2　雪崩

一同　「？」

頭　「なんだ？」

レオの声。

レオ　（うれし気に）「雪崩だ！　ウワー！　熊の沢！　こゝから良く見えるよ！」

学を除く一同、下手にすっとぶ。

パキ　「アイヤイヤイヤイ」

松田　「すっごォい！　まだ流れてる」

音吉　「権平尾根の雪庇（せっぴ）が落ちたンだ！」

哲　「オ！　林道がふさがってもたぞ！」

松田　「こゝに来る道遮断されましたよ！」

間

一同あわてて戻ってくる。

レオ　（はしゃいで）「ナッダレ！　ナッダレ！　ナッダレ！　ナッダレ！」
（去る）
頭　「何がうれしいんだ、オイ哲！　無線！　無線で下と連絡とれ！」
哲　「だから、無線は使えませんって」
頭　「全くレオのバカ！　もいちど試せ！」
松田　「子供たちのバス、巻き込まれてないでしょうね」
頭　「それは大丈夫だろう。五時に公民館スタートって云ってたから」
一同、ゾロゾロ引揚げている。
哲　「まづいすよ！　クリスマスの準備どうします」
頭　「とにかくつゞけろ。オイみんな！　パーティの準備急げよ！」
哲去り、代わりに学入る。
学　「――頭」
頭　「なんだ」
学　「道が開いたら、オレ、仕事やめるわ」
頭　（一瞬、呆然）「なに!?　急に一体何云い出すの君。契約は三月までじゃない。大体そんなこと、なんでこんな時云い出すの！」

学　「いやになっちゃったンです」

頭　「何が」

学　「団体生活、苦手なンですオレ」

頭　「困っちゃうよ君、急にそんなこと」

学　「ちょっとまた、ふらっと旅行したいンです」

頭　「――日当の問題？」

学　「ひとりが好きなンですオレ」

　　頭、突然学をつつく。小声で

頭　「レオのことはどうすンだ」

学　「――」

頭　「知ってるゾお前。昨夜あの娘と何してた」

学　「イヤ」

頭　（急に凄んで）「あいつをだましたら只じゃおかねぇぞ。あいつは天使みたいな女の子なンだ。あいつはこの下の施設で育ってくにもなけりゃあ親もねぇ、だから」

突然光、走る。

3　着陸

凄まじい光。
そして宇宙音。
——しずまる。

間

レオ　「何か光ったよ！　ビーンビーン！」
松田　（出てくる）「なんです今のは」
パキ　「何カコレ。何カ!?」

間

哲　「骨に来たぞピシッと」
音吉　「うン。骨に来ました！」
学　「電気の一種ですね」
頭　「雷か？」

松田　「いや雷とも違う感じでした」
音吉　「だけど光りました」
哲　「光った」
レオ　「光った！」
頭　「どこが光った」
パキ　「ココラチェンプタ！」

　　間

頭　「空気がなンか――震えてねえか？」
音吉　「震えてます！」
レオ　「震えてる！」
松田　「恐い！」

　　宇宙音、高くなる。
　　一同、かたまる。

哲　「強なったぞ」
パキ　「ナンタカコレ⁉　ナンタカ⁉」
頭　「教授！　何だ！　説明しろ、お前一応大学出てンだろ！　一体こりゃなんだ」

学。

――震える手で奥を指す。

学「UFOだ!!」

一同「エ？」

間

学「上がってく！」

宇宙音と光、昂まり。

――遠ざかる。

静寂。

松田（興奮）「見たァ!!?」

一同（口々に）「見た!!」

レオ「見た見た！」

パキ「オ皿ダ！　光ルオ皿ダ!!」

音吉「見ました！　円盤です！　はっきり見ました！」

松田「見た！」

音吉 「すげえ！」
パキ 「デカイオ皿ナ、ピカピカ光タナ!!」
レオ 「見た見た見ちゃった！　ＵＦＯ見ちゃった！」
松田 「着陸したンですよすぐそこに！
　最初の光から次の光――一分位は地上にいたンです！」
哲 「見に行こう！」（走り去る）
松田 「うン！」（走り去る）
レオ 「私も行く！」
頭 「お前はこゝにいろ！」
パキ 「多分着イタトコ雪溶ケテルヨ！」
音吉 「畜生！　カメラで撮っとくんだった！」
学 「そうか！　今のＵＦＯの着陸の衝撃で熊の沢の雪崩がおこったンだ」
頭 「成程それはいえるかもしれねえ」
パキ 「空気プルプルフルエテタカンナッ」
音吉 「どの位のでかさでしたかね」
頭 「でかかったぜ」

パキ　「四畳半位」

頭　「バカバカ！　冗談じゃねえ！　札幌ドーム位あったと思うぜ」

その時、ゆっくり戻ってくる哲と松田。

頭　「何だ。どうしたンだ」

哲　「だ、誰かおった！」

頭　「誰か?」

松田　「こっちに来ます！」

哲　「人ちゃう！」

音吉　「人じゃない?」

哲　「E……E・T!?　――E・Tです」

頭　「E・T!?（笑う）」

パキ　「スピルバーグカ?」

松田、哲以外はそれを信じていない様子。

「どこにいるんだよ?」「ハァ?」「誰モイナイヨ」など口々に。

学　「――いた!!」

4　遭遇

音楽――打楽器。不気味に入る。B・G（足音）
奥から光が射す。
宇宙人が現れる。
一同、かたまる。
恐ろしい間。
隠れた人間に気づき、何かの計器を取り出し、身構える宇宙人。
レオ、小さなクシャミをする。
宇宙人二人。周りのみんなに気づく。
――手話で何か交信する。
頭　（低く）「学！　何とかしろ！　何でもいゝから――何とかしろ！」
学、ひきつる。
パキ、突然、『未知との遭遇』のメロディを口笛で歌う。

宇宙人、顔を見合わせ、パキを見る。

パキ、思わず逃げ腰になるが必死で再びメロディを。

宇宙人。

電子音で、同じメロディを返してくる。

パキ。

哲の目がとび出す。

間

哲　「(小声で) 通じたでッ。通じよったッ」

頭　「何かきけ！　何か聞いてみろ！　教授、お前英語しゃべれるンだろ!!」

松田、唾をのみ、決意する。

松田　「Ah――」

間

松田　「HELLO!」

宇宙人「――」

松田　「How are you――?」

宇宙人「――」

松田　「Ah, Can I help you something?」
宇宙人「―――」
松田　「ダメです！」
μ　　（電子音で突然）「ミュー」
　　　　一同。
μ　　「ミュー」
　　　　間
パキ　「ミュー？」
φ　　（電子音で）「フィー」
哲　　「フィー？」
　　　　宇宙人、宇宙服を脱ぐ。
　　　　二人の美少女現れる。
　　　　μ（ミュー）とφ（フィー）
パキ　「女ダド!!」
レオ　「人間だ！」
頭　　「しッ！」

松田「ah――Do you speak English？」

μ「（うなずいて）ンガ！」

松田「英語が通じるみたい、英語が！

ah――Who are you？」

μ（松田の言葉を漸く理解して）「アハ！　――（自分を指す）ミュー」

間

松田「Oh yeah!! You ミュー！」

μ「ンガ」

松田「I understand.（φに）And you!?」

φ「フィー」

松田「OK！（通訳）ミューさんとフィーさんて云うみたいです！

Ah――My name マツダ――Ah マツ！」

μ「マツ！」

松田「Yeah! マツ！　――通じた！

Ah――He is カシラ。Our Boss.」

μ「カシラ！」

頭　「（ギクシャク頭を下げる）」
φ　「カシラ」
松田　「（うなずく）Yes! Yes! ah ——（一人づつ指して）テツ」
二人　「テツ」
松田　「Yes」
哲　「（変に照れて身をよじる）」
松田　「オトキチ —— ah —— オト」
二人　「オット」
松田　「Yes! Yes! ガク」
二人　「ガク」
学　「ハイ」
二人　「ハイ」
松田　「パキ。外人。不法滞在」
頭　「複雑なこと云うな！」
松田　「パキ」
二人　「パキ」

松田「Yes!　アンド――レオ」
二人「レオ」
松田（呟く）「NOVAに通っといてよかったわ」
頭「きけ！　きけ！」
松田「エ？」
頭「目的は何だ！　こゝにきた目的は！　あ、ちょっと待て！　それより！
　一体どこから来た！」
松田「Ah――Where is your country?
　――Ah――Your star――
　Ah――Your Planet?」
μ「アハ！　――ナイ」
松田「ナイ？　No no! Your Planet!
　The name of your Planet
　Please!」
μ（ゆっくり星を指して）「アノ蒼イ星、ソノスグソバ」
　一同見る。

μ　「デモ、モウナイ」

松田　「ない？」

μ　「ナイ。ウチラノ星、モウナイ。アノ蒼イ星モ今ハナイ。
デモアッタコロノ光、今トドイテル。」

松田　（口の中で）「ノー」

μ　「ウチラノ星死ンダ、三億年前。今、ウチラ、帰ル星ナイ。ウチラ、宇宙ノ
旅人（たびびと）」

間

松田　「リアリイ!?」

μ　「ンガ」

φ　「ンガ！」

松田　「（通訳）この人たちの星、死んだそうです！　三億年前！　今は帰る星が
なくて宇宙の旅人だって云ってるみたい！」

一同　「——」

松田　「（μに）Ah——Question.
Why your Planet died?」

μ　「文明、ミズト、クウキ、ヨゴシタ。ウチラノ星ノモノ、ミナ死ンダ。ウチラノソセン、宇宙船ノアデ逃ゲタ」

間

松田　「Oh! I'm sorry.（通訳）恐らく科学文明が進みすぎてね、大気と水を汚してしまって星が死んだって云ってるみたい！　それで彼らの先祖がね、宇宙船ノアに乗って宇宙に逃げのびたらしいの！

Ah――Question!

Were you born in that Planet?」

μ　「ネガネガ。ウチラ、ノアデ生マレマシタ。」

松田　「Ah――フ、フン！　この人たちはその星があるころ生まれたってわけじゃなく、宇宙船ノアの中で生まれたンだって」

音吉　「一々通訳しなくたって判るよ。ちゃんと日本語でしゃべってンじゃないですか」

松田　「エ!?　エ!?」

φ　（指して）「オトコ？」

頭　「そうです。」

φ　「ミンナ？」
頭　（レオを見て）「この子は女。他は男。」
φ　「初メテ見マシタ」
頭　「何を」
φ　「オトコ」
哲　「――どういう意味？」
松田　「あんた方の――グループには男はいないんですか!?」
μ　「昔イタ。デモ駆除シマシタ。」
松田　「クジョ？」
パキ　「クジョ、ナ、ナニカ!?」
　　間
学　「消したってこと？」
μ　「ンガ。ケシタ」
　　一同。
φ　「オトコ、欲望強ク持ツ。オトコ。戦争好キ。破壊好キ。オトコ、ウチラノ星殺シタ。ダカラ、駆除シマシタ」

μ　（φに）「ケ」
φ　「ンガ」
μ　「コノ星、ナントイウカ？」
音吉　「地球っていゝます」
μ　「アハ！　チキュウ」
φ　「チキュウ――」
μ　「チキュウ、水アルカ？」
哲　「ミズ？」
頭　「オオ水！　水ならいくらでもありますぜ。何しろこゝは水の惑星って云う位でね。水、飲みたい？」
μ　「調ベタイ」
頭　「レオ、水持って来てさしあげろ」
レオ　「うン！（去る）」
学　「水がお要り用なンですか？」
μ　「水、全テノモト」

学　「飲み水？」

μ　「ネガ、ノアノ動力。」

パキ　「アノ宇宙船、水デ飛ブナ!?」

μ　「飛ブ、ネガ。時空間移動。」

松田　「時空間移動。成程ねェ！」

頭　（松田に）「どういう意味」

松田　「（首かしげる）」

学　「宇宙には水のある星があるンですか」

μ　「アリマス」

学　「本当!?」

パキ　「ソンジャ人ノイル星ハ」

φ　「出クワシタノワ今回ガハジメテデス。」

　　レオ、ペットボトルの水を持ってくる。

頭　（水を地面に置き）「水が来ましたぜ」

　　μ、取ってφと二人で点検する。

μ　「d」

φ　「V」

φ、計器を水に近づける。
計器、音を出す。

μ　「汚レテマス。レベル4、コノ水、ネガ！」

頭　「何仰云る！　今これ封切るの見てたでしょ!?」

松田　「何で汚れてるンです」

μ　「化学物質」

学　「化学物質――」

松田　「――成程ねェ」

哲　「何が？　何が？」

学　「じゃ、こゝらへんの空気はどうです」

μ　「サッキシラベマシタ。カナリノ汚染。レベル3。」

φ、計器で空気を計る。
音、出る。

μ　「雪モ、ヨゴレテル」

哲　「待て待て待て待てッ」

雪に刺す。
音出る。
松田　（呟く）「雪も汚れてる――――！」
φ　「w」
μ　「z」
φ　「r」
μ　「y」
μ、計器を頭の腹に当てる。
凄い音、出る。
頭　「ウォ！」
μ　「レベル7」
φ　「カナリ危険」
松田　「な、何が！」
μ　「コノヒトノ体」
φ　「化学物質、脂肪ニタマッテマス」
μ　「末期直前」

哲　「待て待て待て待てッ」

哲に当てる。

凄い音出る。

μ　「同ジ」

φ　「末期」

松田　「ちょちょちょちょ、一体どういうことですか！　私たちの体も汚染されてるっていうンですか⁉」

μ　「アナタタチノツカウ化学物質、脂肪ニドンドン蓄積シテル」

φ　「ケミ現象」

μ　「ウチラノ星死ンダ。ケミ現象カラスタートシマシタ」

学　「一つ計って欲しいンですがね」

μ　「テガ？」

学　「このちょっと上がった所に、湧き水が山から吹き出している所があります」

φ　「ワキミズ――オオ！　湧キ水！」

学　「その水はきれいだと思うンですが」

μ　「調ベテミマショウ！」
φ　「案内シテ下サイ！」
　学、「エ、僕!?」という表情。
頭　「学、ご案内しなさい」
パキ　「ゴアンナイクダサイ」
　皆「どうぞどうぞ」と勧める。
　μ、計器を松田に当てる。
　凄い音出る。
μ　「7・2（セブンポイントツー）」
松田　「7・2!?」
　レオ、φの宇宙服から計器を抜き取り、φを計測。
　澄んだ透明な音。
　φ、レオから計器を取り戻す。
　学、μ、φ　去る。
　レオも後を追う。

5　陰謀

残された男たち。

——呆然。

音吉「夢じゃないんでしょうね」

頭「夢じゃねー!」

音吉「俺たち宇宙人と話しちまったンだ!」

パキ「通訳ナシダド!」

頭「進んでるンだろうか、俺たちより」

松田「当たり前ですよ!　そりゃ比較にならないぐらい進んでますよ!
何たって他の星へ来れちゃうンです!」

音吉「何とか云ってましたね——時空間移動」

頭「どういう字だ」

松田「多分、時の空間って書くんでしょう」

パキ　「（うなづく）」

頭　「どういう意味だ」

松田　「これね、さっきからちょっと考えてたんですけど、アインシュタインの相対性原理じゃないかと思うんですよね。」

頭　「――何だそりゃ」

松田　「これ非常にむずかしい論理なンですがね――アインシュタインが自分で判り易く説明したところによれば――たとえばピチピチしたイケメンといると、一時間がアッという間に感じられるじゃないですか。ところが汚い男といると、一秒でも十時間に感じる。それが即ち相対性原理。――判んないでしょう。」

間

哲　「ちょっと聞くけど」

松田　「何です」

哲　「男がおらへんって云うてたやろ」

松田　「えゝ」

哲　「ほんだらどうやって子供作ンねん」

松田「――」
哲「あいつらどうやって生まれてン」
松田「――」
哲「変やん」

間

松田「試験管ベビーみたいなもンじゃないですか」
哲「何や試験管ベビーって」
頭「それにしたってお前、種がいるぜ」

間

松田「保存してあるンでしょう」
頭「三億年もか!?」
松田「――」
頭「醗酵してお前、ミソになっちゃうぜ」
音吉「採りに来たンじゃないでしょうね」
哲「何を!!」
音吉「古くなったンで新しい種を」

間

頭　「俺たちから？」

音吉　「えゝ」

頭　「――――」

音吉　「さっき、オトコかってきいた時、心なしか連中、目が光りましたよ。」

間

パキ　「ケドソンナ悪イ人ナイヨ」

頭　「うン、どっちかといやまァ友好的だ」

パキ　「帰ル星ナイ云ウテタナ」

哲　「旅人（たびびと）さんなンや」

パキ　「不法滞在、日本ノ入管ウルサイジョ！」

松田　（突然）「どうやって連絡するかです！」

頭　「誰に」

松田　「下にですよ！　町にです！」

哲　「連絡してどうすンねん」

松田　「どうすンねんじゃないわよ！　いゝですか。これは大事件なンです！

テレビで云やァ臨時ニュースです！　マスコミが知ったら大騒ぎです！
クリスマスどころの騒ぎじゃないです！
どうやったら早く連絡できるか」

頭　「無線機がこわれてて、連絡の方法がねえンだよ！」

松田　「判ってますよ！」

一同。

松田　「でも、いゝですか⁉　彼らが此処に下りた目的は水なンです。ところがその水が汚れてるっていう。」

パキ　「湧キ水キレイヨ！　オレ飲ンデルゾ！」

松田　「きれいの規準がちがうのよきっと！　もし湧き水もダメだって思ったらあの連中すぐに帰っちゃいますよ！　今帰られたら元も子もなしです。私たちがいくら宇宙人に逢ったって云ったって気狂い扱いされるだけですよ！」

頭　「そりゃそうだ！」

松田　「だから何とか下と連絡がとれるまで連中をこゝに引き留めとかないと」

音吉　「引き留めるって」

松田　「だから何か口実つけてですね」
哲　「そんじゃリアルに行こう」
松田　「何ですリアルって」
哲　「（ひそひそ）縛ろ！」
松田　「縛る!?」

一同。

パキ　「ソンナ！　悪イヨ！」
哲　「E・Tやぞ相手は」
音吉　「E・Tったって女です！」
松田　「その前に一応話すべきじゃないですか」
音吉　「そうですよ！　ゆっくりしてかないかって」
パキ　「モテナスペキヨ！　ポクソウ思ウヨ！」
松田　「あ！　だから今夜のパーティにお呼びしてさ」
音吉　「クリスマス兼歓迎パーティ」
松田　「施設の子たち喜びますよ！」
哲　「それええなぁ。うン、そうやって焼酎飲ましてよれよれにしてよ、そんで

　　　みんなでとびかゝって縛ろ！」
パキ　「又ソコ行クカ！」
頭　「よし！　その線でいこう！」
松田　「どの線です」
頭　「パーティに招待して引き留める。焼酎を飲まして油断させてよれよれにな
　　　ったら全員でとびかかって縛る。
　　　よし！　オレがさり気なく、ア、雪ッって云う」
哲　「あ、雪！」
頭　「そしたらとびかゝれ。但しそれまではニコニコしてろ。あくまでニコニコ
　　　して油断させるンだ。（気づき）ア！　お帰ンなさい！」
一同　「お帰ンなさい！」
松田　「どうだった！」
　　　レオと、学、μ、φ、戻る。
学　「ひどいもンだよ。あの湧き水まで汚染してるって」
パキ　「ウソ！」
音吉　「そんなこと絶対ありません。僕らあの水毎日」

μ　「ウチラ、ノア呼ブ」

松田　「ノア？」

φ　「宇宙船。本部ニ連絡スル。」

μ　「コノ星、水ダメ。本部ノ指示待ッテウチラ帰ル」

頭　「あ！　それイケナイ！」

μ　「テガ？」

頭　「あなたたち、せっかく遠くからみえた。このまゝ帰すなンて、地球の人できない。もてなす。今夜ここで子供たちとパーティがある。丁度いゝ。子供たち紹介する。子供たちよろこぶ。今夜たのしくやる」

哲　「今夜、クリスマス！」

音吉　「今夜、愉しくやる！」

松田　「それに危ないです。夜発つの危ないです」

音吉　「天気崩れます」

パキ　「今夜雪フル」

頭　「ア、ホラ雪！」

一同、ギョッと頭を見る。

次の瞬間、哲、音吉、松田とびかゝる。

頭「ア！　ちがう!!　今の本当!!　雪!!　ホラ!!　エ!!」

とびかゝった筈の三人。その場で凍結してしまっている。

学「どしたの！」

レオ「どうしたの！」

μとϕもういない。

一同突然、凍結が解けずっこける。

一同、ギクシャクと小屋の方へ。

レオ、一人残る。

6　夢

レオ。

小鳥の声

レオ　「きいてた!?」

小鳥の声

レオ　「そうなんだって！　水も――、空気も、――私たちの体も、
――地球のものはみな汚れちゃってるンだって！」

小鳥の声

レオ　「そうなの！　あの星のそば――。あの蒼い星の。
だけどあの人たちの星もうないンだって！
帰るところがないンだって！」

小鳥の声

レオ　「信じられないよそんなこと！

私にも帰るところはないけど、それは私が知らないだけよ。
でもあの人たちの帰る場所はもう永久に消えちゃったンだって」

小鳥の声

レオ 「エ!?」

学、登場。

何か考えつゝ、ウォークマンを聞いている。

レオ。

レオ 「学――」

学 (きこえない)

レオ 「学――」

学 「――」

レオ、学に寄り、耳からイヤホンを外してしまう。

学 (見る)

レオ 「他の人とだけ話しちゃいやだ。」

学 「――話してなんかいねぇだろう。音楽をきいてるンだ。」

レオ 「お風呂入ったの?」

学　「まだだよ」

レオ　「これ頂戴。」

学　「バカ野郎」

レオ　「どうして？」

学　「これは俺にとって大事なものなの。」

レオ　「どうして大事なの？」

学　「淋しい時に、慰めてくれるの。」

　　間

レオ　「あんた、淋しい？」

学　「――。」

　　間

レオ　「私もう今は淋しくないよ。あんたと仲良くなれたから」

　　学。

レオ　「ねぇ学、私忘れられないんだ。この前あんたのしてくれたあんたの生まれた場所の話」

学　「――」

レオ 「野原ときれいな小川がある場所。私にはそういう場所ないンだよね。気がついた時には国の子寮にいたンだもン」

学 「――」

レオ 「私、そういうくにが欲しいよ。」

学。

レオ 「あんたのふるさとに、――私行きたいな」

学 「――」

レオ 「一緒に行っちゃダメ？」

学。

間

学 （ポツリと）「帰らないことが最高だ。」

レオ 「え？」

学 「――」

レオ 「――何のこと？」

学 「帰る場所のある旅は、三流だ。

帰らない旅が、本当の旅だ。」

レオ——不安。

レオ「学、あんた、又どっかに行っちゃうの?」

学「——。」

レオ「どこへ?」

学「——帰るってことを考えない旅にさ。」

レオ「もうこの山には帰ってこないの?」

学。

学「この山だけじゃねぇ。——ふるさとっていうもの。

日本——この地球——。」

レオ「——(不安)学。」

学(急に去る)

レオ(不安にかられ)「学! 学!」(追う)

7　好奇心

頭と哲出る。

頭「あの宇宙人の云ったこと、お前どの程度理解できた」
哲「全部日本語やったやないですか」
頭「そういう意味じゃねぇ、話の内容だ」
哲「あ〜――――」
頭「俺には難しくってさっぱり判ンなかった。」
哲「――――」

間

頭「たとえば水が汚れてるって話よ」
哲「ハイ」
頭「俺たちの毎日飲んでる水が本当に汚れているっていうなら、どうして誰も当たらねぇンだ」

間

哲「ハイ」

頭「それにあのスケ共、俺らの体が末期直前なンて云いやがったけど――。
俺にはそういう自覚症状はねぇ」

哲「――ハイ」

頭「お前はどうよ」

哲「――何もありません」

頭「だろう?」

哲「ハイ」

頭「変じゃねえか」

間

松田、クリスマスの飾り付けを持って出る。

頭「特に一番判んねぇのは……あすこだ。（指さす）あの星のそばに奴らの星があって、それが死んだってのぁ良く判った、うン。」

哲「うン」

頭「判ンねぇのはその先だ。（指さす）あの星も今はねぇんだって話よ」

哲　「――」

頭　「現にあすこに見えてるじゃねぇか！」

哲　「――」

頭　「見えてるってぇのにどうしてねぇンだ！」

哲　「――」

頭　「変じゃねぇか！」

間

松田　「それはね、頭、光の走る速度と関係してるのよ」

頭　（見る）「――何ィ!?」

松田　「あすこの光がこゝまで届く、その間があんまり遠いもンだから、ものすごく時間がかかってしまってね、光がこゝで見えるころには本体が実はもうなくなってしまってるンです。ね。」

頭　「待て待て待て待て待てッ」

哲　「――」

頭　「誰がそんなこと云ったンだ！」

（間）

哲　「カメダ先生」

　　　間

頭　「誰だそいつはッ」
哲　「網走刑務所の刑務官の先生です」
頭　「何ッ」
哲　「カメダ先生凄いンですわ。刑務官やのに、天文のこととかごっつい詳しいンです」
頭　「待て待て待て待てッ」
松田　「イヤそのカメダ先生だけじゃなく、中学校の理科の本にも」
頭　「そいつはあすこまで行ってきたのかッ。行ってあの星がもうないってことをてめぇの目できちんと確かめてきたのかッ」
哲　「カメダ先生にそんな暇ありまへんわ。毎日極道と対立してはんねんから」
頭　「行ったこともない奴がそんなこと云うのかッ。たかが網走の刑務官が」
松田　「イヤだからそのカメダ先生だけじゃなく」
哲　「たかがとはそりゃ云いすぎですよ。刑務官云うたら」

　μに気づき突然逃げる松田と頭。

哲　「？」

μが立っている。

男たち仰天して身構える。

μ　（じっと頭を見て）「フケテマス、アナタ。」

松田　「ヒヒヒヒヒヒ」

間

頭　「いろいろ苦労が多いンでね」

間

μ　「男、見マシタノ、初メテデス。」

頭　「ハア――そりゃよろしかった」

μ　「クワシク知リタイデス男ノコト。ヨロシイ？」

間

頭　「まァあっしに答えられることでしたら」

間

μ、計器を頭に向け、上下に振る。

頭　（いきなりズボンがハラリと落ち、仰天）「な、なにをなさる！」

μ　「イケナイ？」
頭　「いけない！　それとてもいけない！」
間
μ、哲と松田に向かう。
松田　（同時に）「ダメ！　イケナイ！」
哲　（同時に）「ダメ！　イケン！」
間
μ　「何故」
頭　「何故って――恥ずかしいじゃないですか！」
μ　「ハズカシイ。ドウイウ意味？」
松田　「恥ずかしいは恥ずかしいよ！（哲に）ねぇ！」
哲　「うンッ」
間
μ　「心ノウゴキ？」
頭　「まァね」
間

μ　「ソレ、モシカシテ――感情トイウコト?」
頭　「感情――。まァそういやァ――そうなんでしょうね」
μ　「カシラ」
頭　「ハイ」
μ　「ウチラ――感情、全然持チマセン。」
頭　「感情――お持ちでない!!」
松田　「どういう意味!」
μ　「ウチラノ先祖、昔感情持ッテタラシイデス。
デモ、理性強クナリ、感情捨テマシタ」
三人　「ヘエ」
μ　「感情アルト欲望生マレテ、トッテモ恐イコト発生シマス。
ウチラノ星ソレデ結局滅ビマシタ。」
三人　「――」
μ　「頭」
頭　「ハイ」
μ　「サッキ学カラキキマシタ。アナタミンナニ森ヲ伐ラシテル?」

頭　「仕事なンでね。入札でやっと取れたンでさ。」

μ　「何故森ヲ伐リマス」

松田　「ダムを作るの」

μ　「止メナサイ」

頭　「そうは行きませんよ。みんな食わなきゃならないからね」

μ　「ウチラノ星モ森ヲ伐リマシタ。
ソシタラ突然水ナクナリマシタ。
雨ガ降ラナクナリ、川カラ水消エタ。海ガドンドン干上ガッタ。
――ソウシテウチラノ星スグニ滅ビマシタ。」

頭　「――」

μ　「欲望、危険。感情、欲望ヲ生ム。
早ク感情捨テタ方ガイイデス。」

頭　「――」

μ　「デワ、又、後程。」（去りかける）

哲　「ア。ハイ」

μ　（哲に）「ア。一ツ質問」

哲　「へ?」

μ　「ノアノ本部カラ問イ合ワセテキマシタ。アナタノタネ、元気デスカ?」

哲　「タネ?」

μ　「男ノタネ」

　　哲、――――。ふるえる。

哲　「アカン、糖尿やからアカン」

μ　「ア、ソウデスカ」（去る）

　　μ、松田を向き。続いて頭を向き。去る。

　　男たち、顔を見合わせる。

哲　「やっぱ、新しい種取りに来たンや!」

頭　（憤然）「どうしてオレたちにはきかねぇんだ!」

　　（間）

松田　「ねぇ」

　　三人、去る。

　　樹が動く。

8　アプローチ

音吉と学出る。

音吉　「ＵＦＯに乗りたい⁉」
学　「あゝ」
音吉　「正気かお前」
学　「正気さ。実はな、さっき湧き水見に行ったとき、一寸乗っけてもらえないかってこっそりきいてみたンだ」
（間）
音吉　「そしたら？　奴らの反応は」
学　「ウン。俺は結構脈ありと見た。」
音吉。
間
学　「音さん、一緒に乗ってみたくないか」

間

音吉「そりゃあ少しなら乗ってみたいけど、そのまゝこっちに帰れなかったらどうする」

学「いや一寸だけだ。いわば車のよ、試乗みたいなもンだ。」

間

学「宇宙から地球が見られるンだぞ」

間

音吉「けどなァ」

学「けど、何だ」

音吉「オレ、船酔いするタチだからなァ」

学「トラベルミン飲んできゃいゝじゃないか。トラベルミンならオレ持ってるぞ」

音吉「――うーむ。」

φ（突然現れる）「ガク」

二人（硬直する）

φ「ドウシマシタカ?」

学　「いえ――別に」

φ　「学、私、トッテモ興味アル」

学　「何がすか」

φ　「アナタタチモシカシテ、感情ヲ持ッテル？」

学　「感情？　当たり前ですよ。感情がなかったら、僕らの生活はカスカスですよ」

φ　「カスカス？　――チョット待ッテ。ソノコト私、是非知リタイ。」

学　「カスカスをですか？」

φ　「ネガ。感情。私タチ理性ダケ。感情持タナイ」

二人、顔を見合わせる。

音吉　「あの、――皆さんは、嬉ぶとか、怒るとか、悲しむとか――そういうことはないンですか」

φ　「ソノ言葉知ッテル。デモ、判ラナイ」

μ　（突然背後から、ケンカ腰で）「教エテイタダキタイ！」

二人、悲鳴。

腰抜かしかける。

μ　「恥ズカシイッテコト、ソレモ感情デスカ!?」
音吉　「――多分」
μ　「サッキ頭ノズボン下ロシタラ」
二人　「エェ!?」（顔を見合わせる）
μ　「頭トッテモ恥ズカシイト云イマシタ」
音吉　「恥ズカシイノハ当タリ前デス」
学　「何故ソンナコトスルンデス！」
μ　「ウチラ、生キテル男ノタネ興味アリマス！」
音吉　「タネ!?」
μ　「男ノ種。ウチラ、コノ星水トリニキマシタ。デモ水汚レテマス。カワリニ男ニアイマシタ。宇宙デ男、絶滅珍種デス。ウチラノ男ノ種、モウカナリ古イ。生キテル新シイ種軽ク補給シタイ。」
音吉　「やっぱり」
μ　「アナタノ種元気デスカ!?」
音吉　「ハイ、イエ、ハイ、イエ、ハイ」
μ　「少シ下サイ！」

学　「まァまァ。あのですね、あなた方根本的にまちがってるンです。多分あなたたち繁殖の為に種が欲しいンだと思うンですが、地球のやり方はちがうンです。我々の場合、繁殖には感情が大きく作用するンです」

μ　「ナニ感情ガ!?」

φ　「大変面白イ。説明シテ下サイ！」

学　「つまり、――男の中の種が発芽するには、まづ――女を好きになるという感情が必要です」

φ　「好キニナル」

μ　「ソレ何デス！」

音吉　「好きになるは好きになるです!!」

μ　「ソレナラアナタ、ウチヲ好キニナレ!!」

学　「まァまァ。女はやさしくなくちゃいけないンです」

φ　「ヤサシク」

学　「そうです。そうすると男は女を抱きしめたくなります。抱き合っていると体温が上昇して、眠っていた、種がゆっくり発芽します」

φ　「面白イ！」

μ　「ヤロウ！　スグヤロウ！（音吉に）ヤロウ！」
音吉（尻込み）
φ　「学、ヤリマショウ！　教エテ下サイ！」（迫る）
学　「待って下さい！　教えてもいゝけど——その前に一つ条件があります。
　　僕らを宇宙船に試乗さしてくれませんか。」
音吉「エッ!?」
学　「一寸の時間で良いンです。地球を外から見せてくれませんか。」
音吉「よせ！　よせ！」
φ・μ「——」
学　「そしたら、種を、提供します」
φ・μ「——」
学　「だめですか？」
音吉「ダメ！　ダメ！　絶対ダメ！」
　　φとμ、顔を見合わせる。
　　学たちを見る。
音吉「（震える声で）どうなるの？　何これ、どうなるの？」

何かがどこかで・・・スポッとはじけた。

9 試乗

突然唐突に凄まじい光が走る。
学と音吉の髪が逆立つ。
樹が急速に回転する。
学と音吉は無重力になる。
その中で学とφは何故か抱き合い密着している。
色彩が急激に変化する。
上下へ走る光の線。
――それらがパッと静止して。

10 続アプローチ

元の森。

間

意識をとり戻す学と音吉。

音吉 （震えて）「何が一体――どうなってたンだ」

学 「――」

間

音吉 「宇宙か？ 俺たち本当に宇宙にいたのか!?」

学 「――」

間

音吉 「目の前にあったアレ、――土星の輪だったろ？」

学 「――」

音吉 「どれ位オレたちアッチにいたンだ」

間

音吉「ほんの一寸なンてお前云ったけど、――二、三年はあっちにいたンじゃねぇか？」

間

音吉「夢みたいだぜこゝに帰ってこれたなンて！」

学（目を輝かし）「最高だったな――!!」

音吉「冗談じゃない。オレはもう二度とあんなこといやだ！」

学（うっとり）「これからずっとあの旅が出来るンだ。――たまンねぇ！」

間

音吉「アレ？　オイ」

学「あゝ」

間

音吉「今お前何て云った」

学「――」

間

音吉「アレ？　そういやお前、φとかいうあの女と、旅の間ずっと抱き合ってた

　　な。」

学　「感情の初歩を教えてたンだ」

　　　間

音吉　「アレ？　お前、まさかあれ本気じゃないンだろうな」

学　「何が」

音吉　「――連中と一緒に連れてってくれって、お前あいつらに交渉してたぞ」

学　「許可してくれたンだ」

　　　間

学　（目を輝かす）「やっと究極の旅に出れるンだ。チッポケなこの星からとび
　　出せるンだ！」

音吉　「――」

　　　松田とパキ出る。

松田　「学この無線機」

音吉　（とびつく）「松田さぁん！　パキィ!!」

松田　「何ィ！」

音吉　（泣かんばかりに）「今は西暦何年になりますか」

松田「西暦？　――2005年に決まってるでしょう」

音吉「へ？」（気絶する）

松田「2005年のクリスマスに」

パキ「音サン、音サン？」

頭と哲、出る。

頭「もいちどあのE・T捕まえに行くぞ。今度はドジはふまねぇ。熊よけのスプレー持ってきたからな。こいつをいきなり吹きつけてやる」

哲「それはえゝけどクリスマスの準備はどうしますか？」

頭「そんなこたァ後だ。どうした」

松田「おかしいンですよこの二人」

パキ「アタマトンデルヨ」

学（突然）「そうか！」

一同（ギョッと見る）

学「音さん、判ったぜ！　時空間移動っていう言葉の意味が！　ジクウのジっていうのは時（とき）っていう字を書くンだ！　つまり彼らは時（とき）の空間、四次元の世界を移動するンだ！　時間は殆んどたってなかったンだ！　俺たちが長いと感じた時間は実際は一瞬のことだったンだ！　連中の云うこれが、時空間移動っていうことだったンだ！」

間

頭　「何の話」
音吉　「実は宇宙船に乗っちゃったンです！　宇宙をサッと見てきちゃったンです！」
哲　「――ハハハハ」
音吉　「乗せてくれってこいつが頼んじゃいまして！　イヤダイヤダって俺云ったンですけど。でもそれはまだいゝンです。でもこのバカ一緒に行くっていうンです！　あいつらと一緒に円盤に乗って」
学　「（突然）判ってなかったンだ！」
一同　「――」
学　「俺は何も判ってなかったンだ！」

一同。

学、その一同にニーッと笑う。

一同、気味悪げに身を寄せる。

学　「闇なンですよ松田さん！　全てが闇！　その中に無数の星がちらばって！
遠くで小さく地球が光ってる！」

一同　「――――」

学　「あれが自然っていうものなンですよ！　ねッ、あれがつまり元々の大自然なンです！　地球で云ってる自然なンてほんのその一部、チッポケなチッポケな」

松田　「ねぇ！」

学　「頭、俺お暇をいただきます。彼らと一緒に宇宙へ行きます！」

頭　（やさしく）「ガク？」

学　「頭！」

頭　「ハイ！」

学　「そういうことに俺決めました」

哲　「待て待て待て待てッ」

パキ　（同時に）「アンタ何云ウカ！」

松田　（同時に）「論理的には判るけど」

音吉　「学、冷静になれ！」

頭　「そんなことしたら二度と地球に帰れないぞ！」

学　（笑う）「別に地球に未練はありませんよ」

　　学、―――天を仰ぎ、うっとり叫ぶ。

学　「すばらしい!!　宇宙こそが真の大自然」

哲　「待て待て待てッ!!!」

松田　「お待ちッ!!!」

　　音楽―――圧倒的に雪崩れこむ。

　　学、興奮のあまりに踊り出す。

　　樹が動く。

11 拘束

動く樹。
その間を縫うように、極度の興奮で踊り回る学。
止まる。
目の前に悲し気にレオが立っている。
音楽――終る。
間。

学　（懸命に興奮を抑えて低く）「UFOに乗せてもらったンだ！」
レオ　「――」（じっと見ている）
学　「宇宙に出てきたンだ！」
レオ　「――」
学　「まわり中星なンだ！　本当に、まわり中！」
レオ　「――」

学　「全部が闇でその中に星が――大きいのや小さいのや、――もう本当に包みこむように――キラキラチカチカ光ってて――その向こうに。――真蒼な、――小っぽけで真蒼な地球を見たンだ！」

レオ　「――」

学　「それを見てたらな。――何故だか急にオレ、涙が出てきたよ。」

レオ　「本気なの？」

学　「エッ？」

レオ　「本気であんた、宇宙に行く気なの？」

学。

――大きく息を吸う。

学　「本気だよ」

レオ　「――」

学　「一寸恐いけど、本気だよ」

間

レオ　「あの人たち、――本当にいゝって云ったの？」

学　「――あゝ。」

間

レオ「新しい種と交換に？・」

学「エ？　――イヤ。それは、まァ」

いきなりレオ学にむしゃぶりつく。

学（ひっくり返る）「ア、止せ、コラ」

突然木陰から男たちとび出し、アッという間に学に猿ぐつわをかませ、ぐるぐる巻きにしてかついで去る。

レオ「ゴメンナサイ！」

顔を覆っているレオ。

その脇に立つ頭。

頭「心配いらねぇ。一寸の辛抱だ。」

レオ「――」

頭「こうしなきゃあのバカは、本当に宇宙に飛び出しちまってそのまゝ小っぽけな星屑で終るンだ。」

レオ「――」

頭（去る）

12 ふるさと

梟の声

レオ 「――」

梟の声

レオ 「――」

梟の声

レオ （泣きそうに）「私、あの人だましちゃったよ。みんなに云はれてあの人油断さして、あの人しばるの、手助けしちゃったよ。」

梟の声

レオ。

一寸うなづく。

レオ （泣きそうに）「私、バカだから判ンないよ」

間

レオ　「私はずっと、ふるさと探してきたよ。やさしい人たちに囲まれる場所を。」

間

レオ　「なのにどうしてあの人は、そういう場所を捨てようとするの？」

間

レオ　「せっかく私たち——仲良くなれたのに。」

音楽——低く、静かに入る。

樹が動き出す。

13　説得

縛られソリに転がされている学。
とり囲んでいる仲間たち。

頭　「いゝか学、よくきけ」
学　「――」
頭　「俺たちは何もこんなことやりたくてお前を縛ったわけじゃねぇ」
学　「――」
頭　「お前の為を思ってこうやってるンだ。その為にレオだっていやいや協力してくれたンだ判るな」
学　「判らねぇ！」
松田　「判って！　お願い。よく考えて！」
頭　（やさしく）「いゝかい学ちゃんよくきゝなよ。君にだって故郷も御両親もいるンだろ？　俺はしがねぇ山子のおやじだがそれでも一応この飯場の頭としてお前を預かってる責任てものがあるンだぜ？」

頭　「そや！　管理責任や！」

哲　「宇宙なンてお前そんな遠いとこ行くのに、親御さんの承諾もなしに行ってらっしゃいなンて簡単に云えるか⁉」

松田　「あの毛利サンだって野口サンだってちゃんと親の承諾書とってってたのよ」

哲　「大体お前、小さいときに、よう親や先生から云われヘンかったか？　知らん人に付いてったらあかんでって。」

パキ　「ソウダヨ！」

哲　「わしなんかお前その云いつけ守らへンかったから知らん人にずうっとひっ付いていって、そのまま網走刑務所まで行ってもたンや」

間

松田　「故郷を捨てるってのは、そういうことなのよ」

頭　「みんな故郷を捨てたくって好んでとび出したわけじゃないンだゾ？、夫々色んな事情があって帰りたくても帰れねぇンだゾ！」

学　「帰りたきゃ帰りゃいゝじゃねぇか！」

哲　「帰ってくるなって、親戚中から云われとンじゃ‼」

学　「――」

頭　「これが地球上の話なら、どうしてもって云う時にはバスか飛行機で帰れるよ？　でも宇宙ではいくら帰りたくなってもバスも飛行機も通ってねぇし、途中下車しようにもそもそも停留所が」

学　（叫ぶ）「帰りたいなンて俺は思はないよ！　俺はしがらみがきらいなンだ！　そういう、しめった、ヌルヌルした関係が、（叫ぶ）解いてくれ！　このナワを解け!!　行かせろ!!　放っとけ!!　自由にさせろ!!　俺はお前らの干渉なンか」

頭　（立つ）「猿ぐつわかませろ。かましてあの宇宙人に見つからない所に、どっか縛ったまま放りこんどけ！」

一同とびかゝって猿ぐつわをかませる。

あばれる学。

松田　「静かにしなさい」

哲　「ええか？　わしらはな、何もこんなことやりとうてやっとンちゃうねんぞ。お前の為を思てやっとンねン。これは云わば、愛の猿ぐつわや！」

パキ　「愛ノサルグツワ？」

樹が動く。
音楽——

14 涙

μ 「学、ドコニイマス」

レオ 「――――」

μ 「アナタ、知リマセンカ」

間

レオ 「本当なの？　――――本当に、学を連れて行くの？」

μ 「アノ人、行キタイト熱望シテマス。ウチラ反対ノ理由アリマセン」

レオ 「無理よ」

μ 「何故？」

レオ 「絶対無理。あの人、すぐに、後悔する」

μ 「後悔、イミ判リマセン」

レオ 「あとからイケネって思うこと。」

μ 「判リマセン。ウチラアトカライケネテ思イマセン」

レオ　「一度出てったら、戻れないんでしょう?」

μ　「ンガ」

レオ　「お願い。やめさせて!　連れてかないで!」

μ　「学ノ意志デス。ウチラ個人ノ意志尊重シマス。」

レオ　「男は消すって云ったくせに」

μ　「昔ノハナシデス。今、男珍シイ。ソレニ、男、人ノタネ持ッテマス。
　ウチラ男ノコト、惢*マデ調ベタイ」

レオ　「調べ終ったら——どうするの?」

μ　「ソノ時、考エマス」

レオ　「殺すんでしょう——!」

μ　「生キ物ハイツカ必ズ死ニマス」

　間

μ　「——レオ?　何故アナタ反対シマス。
　——(間)レオ?」

レオ　(涙が吹き出している)

μ　「レオ?」

＊惢は芯(しん)の意で全ての根本を表す。

レオ　「――」

　　　　間

μ　「アナタノ目カラ、――水ガ出テイマス!!」

レオ　「――」

　　　　間

μ　「ナンデスソノ水!!　ドウイウコトデス」

　　　　間

μ　「アナタ――体内カラ――水ヲ作ルコトデキルノデスカ!?」

　　　　間

　　　　μ、小指の先にレオの涙をつける。
　　　　それを計器につけてみる。
　　　　計器を凝視する。
　　　　呆然。

μ　「この水、全ク汚レテイマセン！
　　最高ニ純度ノ高イ水デス！」

レオ　「水じゃないわ。涙よ！　涙って云うの」

μ　「ナ、ミ、ダ、――ソレ何デスカ！」
レオ　「涙は涙よ！　自然に出るこれよ！」
μ　「ナミダ」
レオ　「人はね、悲しいときに、涙が出るのよ！
　あんたそんなことも知らないの！」
μ　「悲シイ。――ドウイウ感情デス」
レオ　「悲しいっていうのはね」
μ　「ソノ説明ハ後デキキマス！　トニカクソノ水、初メテ見マシタ。
　サンプル下サイ！　モ少シ出セマスカ？」
レオ　「そんなに簡単に出るもンじゃないの！」
μ　「ヨ！　又出テキタ！
　デキレバモ少シドバット大量ニ――試験管(イレモノ)」（探す）
レオ　「そういうもんじゃないの！　あんたふざけてるわ！」
μ　「ヤ！　出ルジャナイ！　出ルジャナイ！　ヤレバ出ルジャナイ！」
レオ　「人を馬鹿にしないでッ!!」
μ　「ア、ダメ！　止めて！　一寸ガマンシテ！」

レオ、樹に隠れる。

μ「レオ！　一寸待ッテ！　シゲンはムダニ使ワナイデ！」

μ、レオを見失う。

μ「レオ！　レオ！」（探しつつ去る）

レオ、μが去ったのを確認して反対方向に走り去る。

15　愛

樹の穴の前にそっと来るパキ。

（学の姿は最后まで見えない）

パキ　（低く）「学サン。ココエテナイカ？」

学　「――」

パキ　「ハラヘッタロ。コッソリニギリメシ持テキタヨ」

学　「――」

パキ　「タベル間ダケ、サルグツゥワ外スヨ。デモ――タベタラ又スルゾ。

――イイナ？」

相手の反応を確認して外す。

ニギリめしを渡し、学の食うのをしばらく見ている。

パキ　「学サン。――オ前、マチガテルヨ」

学　「――」

パキ「宇宙ニ行テミタイ、ソノ気持判ルヨ。」

学「──」

パキ「一週間ヤ、十日ナライイヨ。デモ二度ト帰ッテコレナインナラ、ソンナ旅ジェッタイ、スペキジャナイヨ」

学「──」

パキ「地球ヲ捨テルコト、ソレフルサトヲ捨テルコトヨ、ソンナコトジェッタイシテハイケナイヨ」

学「──」

パキ「フルサトッテソンナカンタンニ捨テラレナイヨ」

学「──」

パキ「ボク日本ニキテ七年ニナルタケド、本当ハ毎日心ノ中デ、パキスタンノコト年中考エテルヨ」

学「──」

パキ「アミィノカオ、妹ヤ弟ノカオ、毎日思イダシテ心デ泣イテルヨ」

学「──」

パキ「アミィノ料理ノ匂イ、イツデモ、今デモ思イ出セルヨ」

学　「――」

間

パキ　「トウシテオ前、コキョウキラウノカ、ポク、全ク理解苦シムヨ」

学　「――」

間

パキ　「オ前、マワリカラ、愛サレテルト思ワナイノカ」

学　「――」

パキ　「モシ愛サレテナイト思ウナラ、ソレハオ前ガ、ワルイノヨ」

学　「――」

パキ　「オ前ガ人ヲ愛サナイカラ、ダカラ人カラ愛サレナイノヨ。愛サレルヨリ、愛スルノガ先ヨ。」

学　「――」

パキ　「愛サレテナイナラ、オ前ノシェキニンヨ」

間

パキ　「ダイタイ、愛持タナイ種宇宙ニバラマクナラ、ソレ宇宙ノ為ニ良クナイヨ！　オマエニ、種蒔ク資格ナイヨ！」

学　「――」

パキ「デモソンナコト、ジェッタイナイヨ。マワリハミンナ、オマエノコト、愛シュルヨ。オ前イナクナッタラミナ悲シムヨ。悲シクテキット涙流スヨ。家族モ友タチモ、死ヌホト泣クヨ。」

学　「――」

パキ「ポクラモミナ泣クヨ。ポロポロ泣クヨ。レオサンナンテ――。水分ナクナッテシマウマデ泣クヨ。オ前ソウイウコト考エタノカ」

学　「――」

パキ「人ヲ悲シマセテ、ソレ、ウレシイカ？」

いつのまにか樹の陰にレオが立っている。

パキ「オ前、オカシイヨ。チェッタイオカシイヨ」

間

パキ「何トカイエヨ。」

学　「――」

パキ「タマッテ喰ウナヨ。」

間

パキ「喰イ終ッタカ?」

学「――」

パキ「ソンジャモイチドサルグツワ喰ワスゾ」

さるぐつわをはめる。

パキ「愛ノサルグツワ喰ッテ、ヨク考エロ」

学「――」

パキ、去る。

レオ。

――そっと出て樹の穴の陰に立つ。

音楽――

樹が廻る。

穴の樹にレオ、くっついて歩く。

16　仲間

火を焚いている頭と松田。
武装した哲、音吉入る。

頭　「学はどうした。」
哲　「去年の熊の冬眠の穴に放りこんであるから大丈夫です」
頭　「お前ら何だその格好は」
哲　「いやね、音が変なこと云うもンで」
松田　「何て」
音吉　「いやどうもあいつらの目的が、最初から水より男の種じゃなかったかって」
頭　「やっぱり男が目的か！」
哲　「えゝ、やとしたら、一応拉致防止の為に斗う準備だけはしとこうって」
頭　「熊よけスプレー後何ヶある」

哲　「3ッだけです」
頭　「とにかくどんどん火を焚こう」
　　　火をくべる。
頭　「音」
音吉「ハイ」
頭　「もう一度よくきかせろ。本当に円盤に乗ったンだなお前」
音吉「円盤かどうか、そこんとこがよく判ンないンすけど、アッと思ったら宇宙にいたンです」
松田「宇宙ってアンタどうして判ったのよ」
音吉「だってそりゃ!!　まわり中真暗で四方八方星だったもン！」
パキ「チキュウ、見エタカ？」
音吉「見えたよ！　かなり遠かったけどな」
パキ「パキスタン、見エタカ」
音吉「あのねぇ。ディスカバリィーとちがうンだよ！　もっとずっとずっと遠くへ行ってたらしいの」
松田「宇宙船の中はどうなってた。あいつらの他にも宇宙人いたの」

音吉　「気配はあったけど判りません。でも宇宙にいる間、ゆって方の宇宙人の女はずうっと学と抱き合ってました」
松田　「（悲鳴）」
哲　「待て待て待て！　抱き合ってたってそれどういう意味よ！」
松田　「どういう具合に抱き合ってたの！」
音吉　「だからぴったりです！」
頭　「ぴったりってお前」
パキ　「ハダカ、デカ!?」
音吉　「服は着たまゝよ。でも気がついたらピッタリ密着してたンです。ア、それで女が学に聞いてましたね。私タチノ子供モウ出来マシタカって」
松田　「ヒドイ!!」
哲　「待て待て待て！」
頭　「学のバカそこまでやっちゃったのか！」
音吉　「やってません！　そうじゃないンすよ！　子供を作るのはもっと先があるし、時間がかかるンだって説明してました」
パキ　「オレノクニデハ、十月十日(トツキ)カカルゾ！」

松田「日本も同じよバカ！」
音吉「そしたらあの女が、それじゃあ私たちと一緒に旅をして、ゆっくり子供を
　作ってみようと」
松田「そう云ったの！」
哲「ほんで学の奴その話にのったンやな？」
音吉「そうなン」
頭「判った！　ようし判ったぞ！　あいつらの目的はやっぱり男だ！」
　一同突然黙る。
　立っているφ。
　間
φ「学、見エマセン」
一同「――」
φ「学、ドコニイマス」
一同「――」
　間
頭「クリスマスの準備、もうしないとな。」

哲　「ア！　そうや！　歌の稽古！」

φ　「ウチ、学、探シテマス」

間

哲　（突如、低く）♪Silent night, holy night

一同　（低く和す）　♪All is calm, all is bright

φ　「学、ドコニイマス、（パキに）アナタ知リマセンカ！　（摑もうとする）」

パキ　（叫ぶ）「ヨルナイヨ！　サワルタメヨ!!　ソレセクハラヨ！　オレ、ナンニモ存ジアケナイヨ！」

間

φ　「アナタノ日本語、少シヘンデスネ」（去る）

間

パキ　「オ前ニソンナコト、云ワレタクナイヨ!!」

パキ、クマよけスプレーをφに噴射するが、φの計器で逆流。まともに浴びたパキ、苦しみ逃げ出す。

φ去る。

立っているレオ。

哲　「どないしてン。こっちきて火ィあたれ」

レオ

レオ　「学は行ったわ」

頭　「何ィ!?」

哲　「あいつ、ナワ解いたンか」

レオ　「私がほどいて逃がしてあげたの」

頭　「何だとォ！」

パキ　「レオ！」

松田　「バカねぇアンタ！」

哲　「放したらあいつ、ホンマに行ってまうど」

レオ　(泣きそうに)「判ってるよ！　だけど私――きらわれたくなかったンだもン！」

頭　「レオ！」

レオ　「あの人本当に真剣なンだもン！　宇宙に飛び出して行きたいンだもン！」

松田　「いゝ(よくお聞き)」

レオ　「あんたたちとはあの人ちがうんだ！　もっと純粋で、夢があるンだ！」

哲　「待て」

レオ　「あんたたちがあの人のこと、縛りつけてでも止めようとしてるのは、そりゃああんたたちがやさしいからだと思うよ。行ったら帰ってこれないかもしれないから、そのまゝ宇宙で死んじゃうかもしれないから、だから行くなって云ってるンでしょう？　だけどあの人、判ってるンだよ。そんなこと判って、覚悟してるンだよ。それでも行きたいって云ってるンだよ！　それをとめるのは可哀想だよ！　ちがう⁉」

一同　「―――」

レオ　「あんたたちより私の方が、本当はずっと行って欲しくないよ‼　いつまでもいつまでもそばにいて欲しいよ！　だけど―――あの人は―――（涙が吹き出す）うまく云えないよ―――。」

レオ、涙を拭いもせずバッと去る。

男たち。

しばらく動かない。

音楽―――イン。

•

樹が動く。
男たちも。
・
それが途中で急に止まり、無言で顔を見合はせる。
又歩く。
樹も。
・
再び急に止まり、男たち夫々何かを云おうとする。
しかし言葉が出ず、又歩き出す。
樹も。
・
樹と男立ち又止まる。
男たち又も何か云おうとする。
その時打ちしおれたレオが来るのに気づく。
松田、声をかけようとするがみんなが止める。
歩いて去るレオ。

男たち。

――――、再び歩き出す。

樹たちも。

男たち去り、樹が静止する。

17 恋

ボストンバッグ一つ持ち、後を気にしつゝかくれるように来る学。
φ、出る。

φ「学！」
学「――あゝ！」
φ「私、探シマシタ」
学「すみません。一寸、色々あって」
φ「学、私、不思議デス」
学「何が」
φ「私ノ心臓、バッコンバッコン鳴ッテマス」
学「バッコンバッコン――」
φ「ノアノ本部ガ、許可クレマシタ。
アナタ、ノア乗セル。私ト一緒ニ行ク。

私ノ心臓、ソレキイテ急ニ、バッコンバッコン鳴リ出シタ。」
間
学に近づく。
学「どうしました」
φ「――」
学「フィー」
間
φいきなり学に抱きつく。
学「いけません人目が！」
φ「黙ッテ！」
間
学、怖くなってφを離す。
強引に密着。
学が呼吸すらできない程の密着。
学（必死に口を離し）「φ、苦しいで――」
ふさがれる。

又、長い密着。

学「息が！　イ――」

又、長い密着。

学、漸く脱出。恐怖にかられてφから逃げる。

φ「後ハ宇宙船ガ出発シテカラ、タップリ機内デ続ケマショウ！　ノア、モウジキ到着スル！　行キマショウ！」

学「いや、アノ――一寸――スミマセン――一寸アノ――先に行って下さい――気持ちを少し――整理してから行きます」

φ「ンガ。デモ急イデ下サイ。機長、厳シイ。」

走って去りかけ、立ち止まってふり返る。

φ「学！」

学（うわずったような声で）「ハイ！」

φ「バッコンバッコン。」

φ去る。

学。

――呆然と息を大きく吸う。

18 送別

複雑な気持ちが押し寄せている学。
人の気配にバッとふりむき身構える。
頭がいる。
逃げようとする学。

頭「逃げなくてもいゝやな。」

学「――――」

頭「別れに来たンだ」

オズオズと出る一同。

頭「みんなと話してよ、もう止めるのは止そうってことにしたンだ。
それよりも明るく送ってやろうぜって」

間

学「（一寸ギクシャク頭下げる）」

頭　「気持ちは本当に変らないンだな」
学　「――」
頭　「行くンだな」
学　「――」
松田　「ファイナルアンサー」
学　「――ファイナルアンサー」

一同、息を呑む。

間

松田　「残念でした」
頭　「そうか。――うン。――よし」
学　「――」
頭　「これ、これまでの日当だ。少し色つけてある。持ってけ」
学　「それはみんなで飲んで下さい。宇宙で使うこともねぇと思うし」
頭　「判らんぜ。意外と役に立つもンだ。ケツ拭く時にも使えるぜ」

一同一寸笑う。

頭　「それからこれはな、みんなからの寄せ書きだ。紙がねぇから白樺の皮に書いといた。滅法汚ねえ字ばかりだからな、読むのに相当時間がかゝるぜ」

学　「――」

頭　「これから長え旅だろうから、たいくつしのぎに丁度いゝや」

笑う。握手。

松田。

松田　「ニーチェ曰く――。女は怖いわよ！　知らないわよ私！

――時差ボケに気をつけるのよ！

――それと船酔いにね！」

学　「――」

パキ。

松田　「今のはニーチェじゃない。私の言葉」

パキ　(涙)「テ、手紙書クヨ！　ナ！　書クノ忘レルナヨ！　ミ、ミンナニ――ソレト――レオサンニモ。ナ。時々書ケヨ！　ホントタソ！」

哲　「どこで出すねン」

パキ　「イイノヨ。只、書ケ！　ソレイチパンヨ！　書ケパオマエノキモチヤスマル。ネッ」

学　（つまる）「書くよ。必ず」
　　音吉。
音吉「度胸あるなァお前尊敬するぜ！　これからあの星の中をずっと飛ぶんだな。——だけど。——あの、——でももし急に恐くなったらよ」
学「——」
音吉「逃げるンだぞ。すぐ逃げるンだぞ。」
頭「どうやって逃げるンだ」
　　間
音吉「方法は——自分で探せ」
学「——」
　　哲。
哲（目を合わせられない）「うン。——うン。——うン。」
学「——」
哲「体鍛えンのは忘れるな。狭いところで暮らすンや。何もせえへンかったら筋肉落ちるど。どこ行っても人間やからな！お前は地球の人間やからな！

――腕立て１００回腹筋１００回、背筋１００回スクワット１００回。これは忘れるな。絶対にやれ。えゝか、お前は地球の人間なンやからな！」

学　「やるよ」

光と音がピリピリとあたりにひゞき始める。

松田　「来たわよ迎えが！」

一同。懸命に歌をうたい――去る。

歌声が遠ざかる。

光が強くなり、近くにノアが到着したらしい。

不思議な光があたりを満たす。

学。

――涙がこぼれそうになって白樺の皮を見る。

その中の文字が又涙を誘う。

レオ。

学の荷物を見つける。

レオ　「（口の中で）学。――学！」

学。

レオ　「ハイ、これ」

トドマツの葉で作ったリースを渡す。

レオ　「トドマツの枝で作ったの。」

学　「――」

レオ　「宇宙には緑がないと思うしさ」

学　「――」

間

レオ　（懸命に）「あんたのやることはきっと全部正しいよ！　全部まちがってないと思うよ！

それに――あの人たちがついてンだもンね。」

学　「――」

間

レオ　「本当云うと私――すごく恨んだンだ。――あんたを連れてっちゃうあの人たちのこと」

学　「――」

レオ　「いけないことだよね、人を恨むなンて。施設の先生に何度も云はれた、うン。」

学　「――」

レオ　「でもサ、――私ってサ――、悪い子だからサ――、見ちゃまずい夢見ちゃってたンだよね。」

学　「――」

レオ　「あんたと暮らす夢。」

学　「――」

レオ　「あんたのクニの――野原なンだよね。小川が流れてて。――そこに小っちゃな、――納屋みたいな家があって、あんたや、あんたのお父さまやお母さまや、それから兄さんや姉さんや――みんなってもあったかいンだよね。」

間

レオ　「永生きしてネ。宇宙のどっかで。」

学　「――」

間

レオ、学に抱きつく。

間

レオ、急に離れ、涙を見せまいと背を向ける。

レオ　(明るく)「宇宙で地球に似た星を見つけたら――この星のこと思い出してね。」

学　「――」

レオ　「すごく小っちゃくて、――汚れた星だけど――
そこに一人の女の子がいて――。
少しの間だけどすごく気が合って――。
あんたとふるさとの話しをしたって――。
時々でいゝから――思い出してね。
本当に――一年に一度くらいでいゝから」

学　「――」

レオ　「あの子は今頃」

φ　(声)「学!」

レオ　「サヨナラ」

学　「一寸待て！」
　　学、ポケットからウォークマンをとり出し、レオに渡す。
学　「持ってけ」
レオ　「いゝよ、宇宙で淋しくなったとき困るよ？」
学　「いゝンだ持ってけ。俺はもういゝ」
　　押しつける。
　　レオの目から涙が吹き出す。
レオ　「イヤだよ。そんなに――やさしくしちゃイヤだ」
φ　「学！」
レオ　「サヨナラ」（パッと去る）

19 離陸

宇宙服を持って急いでくるφ。

φ「マダココイタノ」

学「――――」

φ「急イデクダサイ！　ノアガ着キマシタ。スグ離陸シマス。

コノ宇宙服――ア！　ソレト質問。アナタモ目カラ水ヲ作リマスカ？」

学「？」

φ「レオガ目カラ水ヲ出シマシタ。μ目撃シタ。地球ノ人ハ目カラ水ヲ作ル。

ソレ女ダケ？　男モ作リマスカ？」

学「涙のことですか」

φ「涙！　ソレ！　アナタモ出シマスカ？」

学「――――たまにね」

φ「最高！

コノ宇宙服着テクダサイ。」

学　「――」

φ　「ドウシマシタ?」

学　「――φ」

φ　「ハイ?」

学　「おれは――」

φ　「――?」

間

学　「――行けない。」

φ　「?」

間

学　「やっぱり行けねぇ。」

間

φ　「何故?」

間

学　「二度とこの星に戻ってこれない――そのことを考えたら――、

たまらなくなったンだ」

φ　「―――」

間

学　「これまで旅に出るときに、そんなこと思ったこと一度もなかった。
くになンか全然恋しくもなかったしいつでも捨て切れる自信があった。
でも今回は、―――何かちがうンだ。何故だか判らないけど急に、
―――何だか―――ちがっちまったンだ」

φ　「―――」

学　「地球を捨てる。二度と戻れない。自分の生まれたこの星を捨てる。
そう思ったらもうたまらないンだ。」

φ　「学―――」

学。

学　「どう云ったらいゝか―――うまく云えねぇ。」

φ　「―――」

学　「あんたたちみたいに知性だけで生きる。感情なンてそんなものはいらね
ぇ。本当に―――それが理想だった。そういう生き方が―――そういう世

界が――」

φ　「――」

学　「でもいざとなったら、――うまくいかねェンだ。感情が邪魔して――うまくいかねェンだ。頭じゃちゃんと割り切れてるつもりだったのに――心がダメなんだ。

色んなことが――くにや、――おやじや――おふくろの姿や――それからあいつら――飯場の連中や――。それからレオや」

間

φ　（ポツリ）「ソウ」

学　「頼んどいてすまない。行きたいっていったのに。」

間

φ　「ソウ。イカナイノ」

学　「すいません。俺は――、情けない奴です。」

μ、現れる。

μ　「何ヲシテマス。ノアガ離陸シマス。マダ宇宙服モ着テナインデスカ」

φ　「学ガ行カナイッテ」

μ　「行カナイ？」

学　「すみません」

μ　「ソウ。——行キタクナイナラ別ニイイデショウ。

——了解。学行カナイナラ早ク乗リマショウ。キチョウ待ッテマス。」

φ　「μ、少シ時間ヲ頂戴」

μ　「何ノ時間」

φ　「学トオ別レノ話シタイノ」

μ　「オ別レニ、話ドウシテイリマス？」

φ　「イルノ！」

間

μ　「アナタ、云ッテルコト、何ダカ変デス」

φ　「——」

μ　「判リマシタ。ソレデハ1分ダケ」

φ　「学——」

間

φ　「何ヲ——何カラ話セバイイノカ。
アナタ私ニ教エテクレタ。
言葉デハナクテ、別ノカンカクデ。
——本当ハマダヨク判ラナイケド
（間）
感情ノコト。
抱キアウコト。
抱キアウト胸ガバッコンバッコンノコト。」

学　「——」

φ　「コノ星ニ初メテ着イタトキ、——何ダカトッテモナツカシイ気ガシタノ。

雪ノ感触。土ノ感触。

雪カラノゾイテル緑ノ感触。ソレカラアナタト宇宙デ初メテ、密着シタトキノ感触モ、ソウ。

（間）

多分私ハ地球トイウコノ星ニ、——滅ビル寸前ノウチラノ星ヲ見タンダト思ウノ。

（間）

私ノ故郷、私ノフルサトハ、昔コノ地球トソックリダッタ気ガスルノ」

学　「――」

φ　「アナタガ、行キタクナクナッタノ――判ル。」

学　「――」

φ　「モシモ私ニ故郷ガアッタラ、――キット私モ戻リタイト思ウ。

モシモ――」

μ　「ハイ、1分デス。行キマショウ」

φ、オズオズと学に手を出す。

学――握ろうとする。

μ　「接触イケマセン。サイキンチェックアナタ、スマセマシタ」

φ、いきなり全身で学に抱きつく。

μ　「φ！――（ハッとする）」

φ　「――」

μ　「φ？」（のぞきこむ）

φ　「――」
μ　「顔ヲアゲナサイ！」
　　μの驚愕。
μ　「水ガ出テマス！　アナタノ目カラ！」
φ　「――」
μ　「――ソレ、モシカシテ――」
　　φ
φ　（学に）「涙ナノ？」
学　「――」
φ　「コレ――涙ナノ？」
学　「――」（うなずく）
　　短い間
φ　「私――。
　　感情――。」
　　φ、急に逃げるように小走りに去る。
　　μの手の動きで凍結。

学。

μ　「心配イリマセン。φニ今薬ヲ打チマシタ。
間モナクφハ蘇生シマスガ、ココデノコトハ全部忘レテイル。
ソシテ――感情モ消エテイル。」

学　「――」

μ　「φハコレカラ又長イ旅ヲツヅケマス。感情ヲ持ッテ旅ヲシタラφハ苦シイ、トッテモ苦シイ。ダカラ全テヲ記憶カラ消シマシタ。
デモ学」

学　「――」

μ　「アナタノ記憶ハズット生キテイマス。
アナタハサッキφノ云ッタコトヲ、決シテ忘レテハイケマセン。
彼女ガコノ地球ニ、滅ビル寸前ノウチラノ星ヲ見タトイウコト。」

学　「――」

μ　「ウチラノ星ニハスグソバニ、イツモ燃エテイルアノ蒼イ星ガアリマシタ。
アノ星ノ放ツ光ト熱ガウチラノ星ヲ支エテクレテイマシタ。
アノ蒼イ星トウチラノ星ノ距離。

ソレニウチラノ星ノ程良イ大キサガ、水ト大気ノウチラノ星ヲ生ミマシタ。

ソレハ、本当ニスバラシイ偶然デシタ。

デモ、偶然ハセンサイデ、モロイモノデシタ。

（間）

ウチラノ祖先ノ男タチハオロカニモ、アノ蒼イ星マデ意ノママニデキルト考エ、ソシテツイニアノ星マデ殺シテシマイマシタ。

（間）

コノ地球ハウチラノ星ニ、オドロク程スベテガ似テイマス。コノ星モスバラシイ偶然ノ星、ソシテセンサイナ惑星デス。」

学　「――」

μ　「コノママデハ地球ハ長クアリマセン。ウチラノ悲劇ヲクリ返サナイデ下サイ。」

学　「――」

μ　（φを誘導する）

μの指先に操られ夢遊病のように立ち去るφ。

そして、μ。

μ　「サヨナラ」

ϕとμ去る。

音楽昂まり、宇宙船が飛び立つ。

木たちの美しい舞。

一瞬の闇。

20　地球

地上に突っ伏している土方たち。

間。

恐る恐る顔をあげる。

頭　「行ったか」

パキ　「行ッタ。学モホントニ行ッチマッタ！」

間

音吉　「凄え風でしたね」

松田　「風じゃないわよ。あれは一種の電磁波よ。木から雪が全然落ちてないでしょう」

音吉　「本当だ」

間

哲　「学のガキ、ホンマに行きやがった！」

頭　「まったくアイツにゃたまげたぜ」
哲　「アイツにあんな度胸あるとは思わンかったど」
頭　「全くだ」
音吉　「あいつ今頃ＵＦＯの中で、降ろしてくれなンてわめいてますよきっと」
松田　「バカよ、要するにバカなのよ。近頃の若いのにはあゝいうのが多いのよ。哲学もなけりゃ想像力もないの、後でどうなるか。今はいゝけどこの先どうなるか。そういうことをね、想像できない。」
パキ　「畜生！」
哲　「何やねン」
パキ　「アノ人ノコト考エテタラ、ボク急ニ家族ノコト逢イタクナタヨ。入管ニポク、出頭シテミヨウカナ」

間

頭　「酒でも飲もうぜ。レオ！　レオ！」
音吉　「どこ行ったンだあいつ」
松田　「落ちこんでるのよ」
頭　「可哀想に」

哲　「アレ？　頭、まだテープのついてる木ありますよ」

頭　「おう、ほんとだ」

哲　「ア、あそこにも」

頭　「伐るの忘れてた」

哲　「明日伐りましょう」

頭　「あゝ」

松田　「レオ！　レオ！」

頭　「レオ！」

哲　「レオ！　レオ！」

一同、レオを探して小屋の方へ去る。

樹が動く。

その中からレオが現れる。

レオはカバンに荷物をつめている。

梟の声。

レオ　「サヨナラ。私も旅に出るの」

梟の声

レオ　「野原と――最後の――本当に、――きれいな水のあるところ。」

梟の声

レオ、ウォークマンを耳にかける。

梟の声、聞こえなくなる。

音楽――イン。

レオ、歩き出す。

レオ、ふと気づき、樹に近づくとまかれたテープを剝がしだす。

レオ、ゆっくりと去ってゆく。

戻ってくる学。

松田と音吉、ラッパ飲みしつゝ出る。

松田　「全く何て一日なの」

音吉　（へらへら）「クリスマスですからね。天使が二人降りて来たってことスよ」

松田　「天使に一人、ついてったってこと?」

音吉と松田、学に気付いて凍りつく。

間。

頭　（パキととびこむ）「無線が直ったぞ！　道も開いて子供たちはもうすぐそ

こまで――」

パキ「ソウダ！　忘レテタゾ！　クリスマスゾ！　今夜クリスマスノパーティス
ルダゾ、パーティノ仕度――（学に気付く）」

一同、顔を見合わせる。

学。

パキ「乗リ遅レタカ？」

学「――」

間

頭「結局恐くなって逃げたンだな。

――さっきの金、返せ」

ポケットに手をやる学。

男たち、学に罵声をあびせながら駆け寄る。

蹴り飛ばす者。はたく者。

松田「しッ」

一同「？」

松田「子供らの合唱がきこえますよ！」

間

頭　「よし！　学のことァ後だ！　準備！　パーティの準備！」

一同パーティの準備にとりかかる。

パキと学。

その時、頭の置いた無線機がガアガア鳴る。

μの声（かすかに）「地球！　キコエマスカ地球！」

一同、ドキンと無線機を見る。

μの声「地球！　応答セヨ、地球！」

パキ　「μの声ダド！」

松田、無線機に近寄り。

松田　「地球！　地球！　こちら地球！」

μの声　「コチラ宇宙船ノア。学、イマスカ」

学　「学です！　ノア！」

μ　「ϕガ今ヤット薬カラサメカケテ、窓カラアナタタチノ星ヲ見テイマス。」

学　「――」

μ　「ϕノ声ヲキカセマス」

φ　（ぼんやり）「μ、μ、――今離レテクコノ星ハ何？」

μ　「地球トイウ星」

φ　（ぼんやり）「地球――。初メテ見ル星。何テ蒼クテキレイナ星ナノ？」

μ　「――」

φ　「寄ッテカナイノ？　キットキレイナ水ガアルワ」

μ　「ダメナノココハ。モウ汚レテテ」

φ　「コンナニキレイナノニ？

ソンナ風ニハ見エナイワ。」

音楽――イン。

φ　「ソレニ――何ダカトテモナツカシイ。

アア！　海ガアル！　――大キナ海。

東ガ明ルクテ――朝ガ見エテキタ。

アレハ何？

大陸――

大キナ陸地。

又、海。

廻ッテル――。
アア――！
何テキレイナノ。コノ蒼イ星。
宇宙ノ闇ニ、地球ガ光ッテル
――物凄ク蒼ク、ソコダケ光ッテル
何テキレイナノ、蒼イ天体
（間）
何テキレイナノ
（間）
地球――
光ッテ！
モット――
光ッテ！」

全ての舞台が闇に溶ける。
無数の星が天から下りてくる。

そして、圧倒的な地球が現れる。
地球は蒼く光り、ゆっくり遠くへ消えて行く。
音楽——昴って

暗転

——幕——

2006年6月末公演より

オンディーヌを求めて

オープニング

男の声「『オンディーヌ』の最終オーディション終了します！」
通訳「Audition's over.」
男の声「皆さん、オーディション、これで全て終了です！　長いことお疲れ様でした。
結果は本日夕方までに、夫々の方に連絡できると思います。
本当に何日もありがとうございました」

あい「ありがとうございました！」
メグ「お疲れさまでした！」
高村「ありがとうございました！」
椅子を動かす音。
撤収のノイズ。

私語。

男の声「只今から直ちに最終審査を、第一会議室で行います！　審査員の方はそちらに集合して下さい！」

通訳「We've a last judgment meeting at 1st conference room. ALL the judge, please wont to 1st conference room. Thank you.」

男の声「最終審査は第一会議室です。猶、舞台面は、直ちに今夜の準備に入ります！　大分時間が押しておりますので皆さん速やかに移動して下さい！

SE

ハイ、劇場の方！　大変お待たせしてすみません！舞台上空きましたので今夜のセットに至急戻して下さい！宜しくお願いいいたします。大変お待たせして申し訳ありませんでした！」

音楽――イン。BG

空舞台に、上手、下手、センターより白い壁がゆっくり出てくる。

――メグの部屋ができあがる。

1　再会

メグの部屋。

殆ど白に統一された高級マンションの一室。

そのインテリアの趣味の良さはメグ、こと女優谷村めぐみのセンスの良さをうかゞわせる。

下手に玄関。

上手奥にキッチンへの通路。

上手に寝室等に通じる通路。

ドラマの中でこの部屋は、かつて劇団研究生の同期時代にメグと、同級生あい、こと久米島愛が共同生活を営んでいた貧しいアパートの一室にも変貌する。

メグがあいを連れて帰ってくる。

ともに27才。

二人は、今日全く偶然に〝オンディーヌ〟のオーディションの最終審査場で10年ぶりに再会した。

メグ「どうぞ」
あい（入る）「――お邪魔します」
メグ（笑う）「誰もいないわよ」
あい「うわァ、凄い部屋」
メグ「着替えてくるね、一寸待ってて。あ、虫がちょっといるけどペットだから気にしないで。ヘンディー！　あんまり飛び回ンないで」
あい、室内を見廻して。かけられたいくつかの絵を見て歩く。
メグ（戻る）「お待たせ。疲れたね。ビールか何か飲む？」
あい「ビールはいい」
メグ「じゃコーヒー？」
あい「うン、戴く。ねぇ、この絵、黒木義彦？」
メグ（キッチンへ）「そうよ」
あい「みんな？」

メグ　「そう」
あい　「黒木義彦って、高いンでしょう?」
メグ　「ちゃんと買えばね。お友達だから。家族料金」
あい　「――」
メグ　「この部屋のインテリアもやってくれたのよ。彼ったら自分の描いた絵が引き立つように部屋のインテリアを変えちゃうの」(笑う)
あい　「幾部屋あるのこゝ」
メグ　「――衣裳部屋入れて――全部で五部屋かな」
あい　(小さく)「ワォ。――こゝに誰と住んでるの?」
メグ　(笑う)「一人よ」
あい　「岩手のお母さんは?」
メグ　「三年前までは一緒にいたンだけど。(パッと顔を出し)お砂糖使う?」
あい　「いらない」
メグ　「ミルクは?」
あい　「いらない。買ったの?　借りてンの?――こゝ」
メグ　「買った」

あい　「いくらした」
メグ　「うン、一寸した」
あい　「いくら」
メグ　「意外と安かったのよ」
あい　「いくらしたの」
メグ　「ローンよ」
あい　「いくら」
メグ　「うーん」
あい　「だからいくら」
メグ　「レロレロレロ円」
あい　「きこえない」
メグ　「云いたくない」
あい　「ケチ」
メグ　「おなかすかない？」
あい　「いくら」
メグ　「ケーキがあるよ。チーズケーキ」

あい　「いらない。……（突如）五億もしたの!!」
メグ　（びっくりして）「そんなにしないよ！」
あい　「そんじゃ四億！」
メグ　「そんなにしません」
あい　「三億」
メグ　「うるさいなァ。いくらきかれても教えない」
あい　「そんじゃ勝手に想像するから良い」
メグ　「御勝手に」
あい　（突如）「へぇえ！　そんなにしたのかァ!!　――ねェ、部屋見して」
メグ　「いゝよ」
あい　（立って）「こっち、ですか？」
メグ　「あっち。あゝやだ！　国税庁の入った時想い出した。（指して）いいわよ、どの部屋でも。汚してるわよ」
あい　（奥へ）「お邪魔します。（行きかけて戻る）どっかに男性がひそんでたりしない？」
メグ　「し、な、いッ」

あい、去る。

メグ、留守電のボタンを押す。

声「——一件です」

女の声「事務所の原です。オーディションお疲れさまでした。如何でしたでしょうか。藤崎さんからの連絡だと、今、最終の3人でまだ揉めていて、後一、二時間かゝりそうだということです。結果はそちらに直接入ります。ケイタイ、オンにしといて下さい。判ったらすぐに連絡お待ちします。それから今夜の映画祭、どたんばまで待って下さるそうです。何とかお願いしたいと云ってます。よろしくお願いいたします」

切れる。

メグ、ボタンを押し、ホッと息をつく。

メグ（奥へ）「あんまり観察しないで下さい！」

間

メグ「誰も入れたことないンですよそこ！」

間

メグ「国税庁の方！」

あい、戻ってくる。

メグ「8年ぶり？　――だっけ」
あい「――」（うなずく）
メグ「いつ帰ってたの」
あい「――三日前」
メグ「わざわざ――今度のオーディション受ける為に？」
あい「――」（うなずく）
メグ「どうやって知ったの、オーディションのこと」
あい「――」
メグ「向うなら他にいっぱいあるでしょうに」
あい「――」（コーヒーを飲んでいる）
メグ「オンディーヌってきいた時にね、あんたのことチラとかすめたのよ。あ↘
あいがいたら受けたがるんだろうなって。あの頃あんたオンディーヌ、オ
ンディーヌって、酔っぱらうとすぐに叫んでたもンね」
あい「――」
メグ「でも、いるンだもん。びっくりしちゃった。しかも最終の三人に！」

あい「――」

メグ「ニューヨークでは仕事してるンでしょ？　きいたわよお蝶から。ミス・サイゴンにあんたが出てたって。グリーンカードもとったンだって？」

あい「――」

メグ（一寸笑う）「正直云ってね、負けたって私、思ったわ。今日のあんたの演技見てて。パワーが違うって私思った」

あい「私たち二人とも多分落とされるわ」

メグ「――」

あい「あの娘がとるわ。32番の」

メグ「高村って娘ね」

あい「高村っていうの？」

メグ「高村美雪。まだ17よ。今年の新人賞総ナメにしてるわ」

あい「クラシックバレエに、――マイムもかなりやってるわねあの娘」

メグ「たしか――うン、そうきいた」

あい「動きがきれいだもン。それに肌のつや」

メグ「うン」

あい　「あの娘が取るわ。うン私たち落ちる」

間

メグ　「あんたいくつって履歴書に書いたの？」
あい　「齢？」
メグ　「うン」
あい　「一つサバ読んだ。26って書いちゃった」
メグ　「バカね！」
あい　「正直に書くべきなの？」
メグ　「ちがうわよ。もっとサバ読むなら大胆に読めって云うの」
あい　「だって私、色々知られちゃってるし」
メグ　「バカね、そんなこと関係ないわよ！　私なンて22って書いたわよ」
あい　「22！　5ツもサバ読んだの!?」
メグ　「あっちじゃ20で通してるわよ！　いゝのよそれで。ヘエそうかって思わせりゃ」
あい　「――――」
メグ　「オンディーヌってあんた15の役なのよ？　それを27で狙おうっていうの

よ!?」

メグ　「――あんたが凄く、御姉様に見えてきた」

あい　「ことオーディションに関してはね」

メグ　「――」

間

あい　「だけどあれにはおどろいたわ」

メグ　「あれって?」

あい　「衣裳よ。オンディーヌの。ちゃんと衣裳までつけてくるんだもン」

メグ　「やり過ぎた?」

あい　「アンソニーの目つきがパッて変ったわ。あれは成功。アレには参った」

メグ　「九条ジュンコさんがわざわざ作ってくれたのよ。アンソニー・ハミルトンのオーディションなら。――ねえ。アンソニーって、それ、ハミルトンさんのこと?」

あい　「――そうよ」

メグ　「知ってるの?」

あい　「ブロードウェイじゃ話題の人だもン」

メグ　「面識あったの？」
あい　「まァね」
メグ　「凄い！　あの人トニー賞で有名なスピーチしたじゃない。ハンサムな人だなァって思ったけど今日逢って背筋がゾクゾクって来ちゃった。あゝいう人にエスコートされたら。
ねえ、コーヒーじゃなくて、ワインにしない？」
あい　「じゃ、一寸だけ」
メグ、キッチンへ。
ワインをとってメグ戻る。
メグ　「シャトー・ラ・トゥール、88年もの」
メグ、開けながら、
メグ　（低く）「どうしてあんなに私のこと避けたの？」
あい　「――」
間
メグ　「わだかまりなンてないって云ってたくせに」
あい　（低く）「ゴメン」

メグ　「ずい分何度も留守電に入れたのよ。9・11が起きた時も、物凄く心配して。そのうち番号までとり替えちゃって」

あい　「ゴメン」

メグ　「いゝのよ。だけどあの頃私――すがりつく人が誰もいなくて」

あい　「――」

メグ　「くにの方からも来るなって云はれるし」

間

あい　「あんたがマスコミからバッシングされてたのは、――向うでも読んだり、テレビで見たりしたわ」

メグ　「――」

あい　「見てるだけで恐くてふるえが来たわ」

メグ　「駄目だこの栓ぬき」

キッチンへ立つ。

あい　「たかゞ一人の女の子つかまえて――。日本のマスコミって何なのって思ったわ」

間

あい　「いじめだもンね。あれって確実に」

　　　　間

あい　「本当云うと私、――あの頃何度か、――あなたに出そうって手紙書いたのよ」

　　　　間

あい　「結局一度も出さなかったけど」

　　　　長い間

あい　「ねぇ――。

　　　あれから、竜とはいつまで一緒に住んでたの？」

　　　　音楽――。

　　　　ストレッチを始めるあい。

　　　　転換。

　　　　――ゆっくり忍び込む雨音。

2 デビュー（過去）

バーレッスンをしているあい（18）

ずぶぬれで帰ってくる若いメグ（18）

メグ　「ジャン」

あい　「ずぶぬれじゃん、風邪引くよ」

メグ、あいに近づき、「かもめ」のニーナのセリフを云う。

メグ　「『今の私はすっかり変わったの』」

あい　「何が」

メグ　「『もう本物の女優』」

あい　「あ?」

メグ　「『演じることが楽しくてしょうがない、うれしくてうれしくてしょうがない！　舞台に立つと酔ったような気持ちになり――私は美しい！って思えてくる』」

あい　「何云ってんの」

メグ　「『そして今、こゝに滞在してる間も、歩き回って——歩いて歩いて、考えて考えて、——一日毎に自分のパワーがどんどん伸びていってるのを感じる』」

あい　「ニーナ、ね！　あんた決まったの!?」

メグ　「そうなの！」

あい　「おめでとう！」

メグ　「ありがとう！」

あい　「凄い」

メグ　「滝沢先生にさっき呼ばれたの。〝かもめ〟に出ていたゞくことになりましたって。先生ホッペにキスしてくれたわ！　がんばんなさい、期待してますよって！」

あい　「おめでとう！」

メグ　「ありがとう——
でもあい、——本当によろこんでくれてる？」

あい　（笑う）「当たり前でしょ。どうしてそんなこと云うの」

メグ　「だって――。
　　　あなた本当は期待してなかった？　ニーナがあなたに来るんじゃないかって」
あい　（笑う）「私は無理よ。実力ないし、訛りが抜けてないって叱られてばっかりだもん」
メグ　「だけど少しは期待してたでしょ？」
あい　「してないよ」
メグ　「一寸は期待した？」
あい　「してない」
メグ　「コノ位は？」
あい　「あなた意外と残酷ね」
メグ　「ゴメンナサイ」
あい　「いゝって。本当はちょっと期待してたンだから」
メグ　「泣かないで！」
あい　「誰がいつ泣いたよ！」
メグ　「ねえあい、それでお願いがあるの。本当云うとね、私死にそうに緊張して

ん の。立ってるのがやっとなの！」

あい　（冷たく）「坐ってりゃいいじゃん」

メグ　「うン坐る。（坐る）田村先生のアルカジーナでしょ。杉山先生のトリゴーリンでしょ。赤岡さんのマーシャでしょ。心細くて死にそうなの私。それでね。私についいてて欲しいの」

あい　「？」

メグ　「稽古の間。本番中もずっと」

あい　「——」

メグ　「それでね、色々云って欲しいの。私って一人じゃダメな人でしょ」

あい　「——」

メグ　「本当云うとね、滝沢先生に、あいについいててもらっちゃいけませんかって頼んだの。いゝですよって云ってくれたわ！　ねえあいお願い！　私についてて！」

　　あい。

あい　「それってあんたの付き人やれってこと？」

メグ　「——」

あい　「役を落とされて付き人までやるの？」

　メグ。

メグ　「そういう意味じゃあ」

あい　（笑う）「うそよ！　よろこんでやらしてもらうわ。稽古見れるだけでも勉強になるもの」

メグ　（手をつく）「よろしくお願いいたします」

あい　「いゝだろう」

メグ　「あゝホッとしたァ！　（立つ）来週月曜から本読みに入るンだって。夢みたいよ、チェホフが出来るなンて！」

　台所へ消えてすぐ首だけ出して。

メグ　「『しーっ。じゃ帰るわ。さよなら。私が大女優になったら見に来てね。約束よ。でも今は――ハラがペコペコ』」

　メグ消える。

あい　「バカみたい」

間

あい「マクドナルドのバイトどうするの？」
メグ「止めるわ」
あい「私は止めないよ」
メグ「ダメよ。止めてよ」
あい「どうやって食べるのよ」
メグ「何とかなるべサ」
あい「ならないよ。ねえ――」
メグ「――」
あい「トレープレフは誰になったの？」
メグ「そう!!　忘れてた！　それが、竜!!　――あなたの竜が抜擢されたのよ!!」

落雷。

暗転。

3　電話（過去）

電話をかけているあい。

あい　「竜？　――もしもし竜？

うん、きいたわ。――おめでとう。

（間）

落ち込んでるわ少し。

でも仕様がないわよね。私に力がなかったンだもン。

（間）

大丈夫よ、もうあんまりそのこと云はないで。かえって悲しくなってきちゃうから。

（間）

ねえ、それより一つだけ約束して。

かもめが全部終ったら、――オンディーヌの稽古又一緒にやってね。本当よ？　――本当に忘れないでよ」
落雷。
転換。

4　竜（現在）

キッチンから、ワイングラスを持って帰ってくるメグ。

あいが見当たらない。

メグ　「あい？　あい？」

あい　「ずい分賞を取ってるのね」

メグ　（笑う）「よく見て。賞状にはちがいないけど、演技賞なンて一つもないわ。新人賞、グラビア賞、ファッション賞、話題賞、そういう類の賞状ばっかり。私ね、女優とは見られてないのよ。しかもね、――――一つ賞状をもらうたんびに何かかんかっていじめられるの。あれは私のいじめられの歴史。どうして私っていじめられるンだろ」

間

あい　「みんなに愛されすぎてるからよ」

メグ　（驚いて）「愛されてるの!?　私」

あい　「愛されてるじゃない」
メグ　「そうなンだろうか」
あい　「そうよ。きれいだし。可愛いし。チャーミングだし」
メグ　「そういうことでか」
あい　「――」
メグ　「やっぱりそれだけか」
あい　「あんた女優になりたいの？」
メグ　「エ？」

間

メグ。

――フッと笑った。

メグ　「物凄いきゝ方されちゃったなァ」
あい　「――」

間

あい　「この家には、男の人、何人いたの？」

間

メグ　「二人」

あい　「意外と少ないンだ」

メグ　「世間が云うほど多くないわよ。私、そんなに器用じゃないもン」

あい　「そうだよね」

メグ　「うン」

あい　「一人にとことん尽くしちゃうタチだしね」

メグ　「そうそう」

間

あい　「二人とも逃げられた」

メグ　「うン、逃げられた」

間

メグ　「お風呂ン中に花びらを浮かすじゃない。きれいだなァってしばらく見ていて、欲しいって思ってお湯ン中でそっと手を出すと花びらってスッて向うへ行っちゃうじゃない。

——あゝいう感じで遠ざかるの」

間

あい「そういう感じでは云ってなかったなァ」
メグ「――誰が」
あい「――竜が」
メグ「竜に逢ったの!?」
あい「うン」
メグ「どこで!?」
あい「――」
メグ「彼今何処にいるの！」
あい「ニューヨーク」
メグ「ニューヨーク!?」
あい「もう4年もいるわ。演劇スタジオにずっと通ってるわ」
メグ「より戻したの!?」
あい「まさか。彼今イタリアの新人女優とヴィレジの方で同棲してるわ」
メグ「――ホント」

ケイタイの音が突然鳴る。

二人、反射的に自分のケイタイに手を伸ばす。

メグ　「私」
　　　ケイタイを耳に当てる。
メグ　「ハイ！　――あゝ。――ゴメン後で電話して。――一寸今困るのこの電話、オーディションの結果が入って来るから。――サァ今まだ一寸判らない。――ゴメンナサイ。こっちから電話する。うん」
　　　切る。
　　　間
メグ　「あんたもケイタイに通知来るの？」
あい　「うん」
　　　間
メグ　「私って、変った？」
　　　間
あい　「外見はあんまり変ってない。中身のことは判ンない」
　　　間
メグ　「少し変ったよ」
あい　「どう変ったの」

メグ　「うン。ずるくなった」
あい　「そうかな」
メグ　「うン。ずるいと思わせないずるさを身につけた。もまれてるうちに自然と
　　　そうなった。うン」
あい　「――――」
メグ　「あいは変ったよね」
あい　「どう変った？」
　　　間
メグ　「前は猫って感じがしたンだけど、――――今は何となくヒョウみたいな感じ
　　　がする」
あい　「ヒョウ？」
メグ　「それもアフリカのサバンナか何かでさ、獲物を狙って伏せているヒョウ。
　　　一週間何も喰べてなくてサ、ギラギラ光る目で狙った獲物を一時間も二時
　　　間もじっと見てるヒョウ」
あい　「――――」
メグ　「オーディション会場であんた見た時、サバンナの風がサァッと吹いた」

あい　（笑う）「自然番組の見すぎじゃない？」
メグ　「そうじゃない。本当に獣の匂いがした」
あい　「要するに目つきが悪くなったンだ」
メグ　「悪いっていうンじゃなく――――鋭くなった。うン」
あい　（苦笑）「まずいな」
メグ　「ほめたのよ」
あい　（驚いて）「ほめたの!?」
メグ　（驚いて）「勿論よォ！」

間

あい　「お水もらっていい？」
メグ　「ウン。冷蔵庫にあるわ」
あい　「こっち？」
メグ　「こっち」

あい、スッとキッチンへ立つ。

あい　（奥で）「あっちで8年も暮らしてみなさいよ。誰でも目つきが悪くなっちゃうわ。役をとる為にそれこそ必死だもの」

メグ　「――」

あい　「あっちは段ちがいに層が厚いし、命がけでみんな役を狙ってるの。だから
　　レベルも格段にちがうし。日本みたいに一寸可愛いとか、歌がうたえると
　　か見映えがいゝとか、そんなことじゃ採ってくれないの。竜なンて最初ス
　　タジオの先生にお前は本当に俳優なのかって――。
　　ねえ」

メグ　「ん？」

あい　「どうして竜と別れたの？」

　　メグ。

　　間

あい　「追い出されたって云ってたわよ彼」

　　メグ。

あい　「本当にあんたが追い出したの」

　　間

あい　「どうして」

　　間

メグ　「私があいつを食べさしてたのに、――――私の演技をぼろくそに云ったからよ」

突っ伏すメグ。

音楽――――ＩＮ.

転換。

5 酷評（過去）

ガス台、天ぷら鍋、食材などを、どんどん無言で運び込むあい。
突っ伏しているメグ。

あい「いつまでもそんなに落込んでちゃダメ！」
メグ「――」
あい「落込んでも何も事態は変んないの」
メグ「――」
あい「批評ってものはね、こういうもンなの。役者をやる以上こういう批評とね、一生付き合って行かなきゃなンないの。落込んだって明日の新聞にね、謝罪広告なンてのせちゃくれないの。批評家ってのはそういう人種なの。シェークスピア以来芝居やる人は、みんな批評家に泣かされてきたの。
知ってるでしょ？　劇団の中庭にある池。あの水そういう先輩たちの涙がたまって出来たもンなンだって。
あいつらはクズ！
あいつらは寄生虫！
創ることなンて出来ないくせに偉そうに人の足をひっぱる奴ら。
だから。さ！　しゃんとして！
前向きに明るく呪っちゃお!?」

　　メグ、むっくりと起き上がる。

あい　「いい！　これ、判る？
昔、演劇界の大御所が、云いたい放題くさした批評家を呪い殺してやろう
と思って考案したお料理。
題して〝ナスの呪い揚げ〟っていうの。
いゝ？　ナスのヘタをとります。
ネ？
そうしたら包丁でこう刻みを入れます。
それでこの――割り箸の先をとがらしたものをこう持って。
――批評家の名前をおぼえてる？」

メグ　「大佐古ひろし……さん」
あい　「ナスをこう持つ。その頭からこの割り箸を、——そいつの名前を叫びながら、怨念をこめてブスッと突き刺す。
——せーの!!」
二人　「大佐古ひろし!!……さん」
あい　「そう！　そしたらこのチンチン沸いてる油に放り込む」
メグ　「ジュウッ!!」
あい　「そう。ネ。大佐古ひろしもだえてる」
メグ　「（小さく）ナンマイダ、ナンマイダ、ナンマイダ」
あい　「他には？」
メグ　「渡世保……さん。（次のナスをつかむ）渡世保……さん!!　ジュウーッ!!」
あい　「そうそうそうそう。大きな声じゃ云えないけどね、津山久四郎、中込和彦、これやられて直後に死んだらしいわ」
メグ　「天野正栄ッ!!　ジューッ!!」
あい　「そう、その感じ。怨念こめてね。とにかく怨念をパーッと消し去るの」
メグ　「近藤玉助。ジューッ」

あい　「気に入らない奴全部やりなさい！」

マグ　「朝日新聞。ジューッ!!」

あい　「それでね、揚がったら生姜ジョウ油で、ガブッて丸かじりで食べちゃうの。結構おいしいよこれ」

メグ　「週刊文春。ジューッ!!」

あい　「――――」

メグ　「スポーツニッポン。ジューッ!!」

あい　「――――」

メグ　「週刊ポスト。ジューッ!!」

あい　「――――」

間

あい　「そんなにあったの。ナスもうそれ一つよ」

メグ　（ポツリ）「あい」

あい　「ん？」

間

メグ　「正直に云ってくれる？」

あい　「――」
メグ　「あたしのニーナ、そんなにひどかった？」
あい　「――」
メグ　「田村先生や杉山先生や、――みんなの足を私がひっぱった？」
　　　メグは殆んど泣いている。
　　　あい。
あい　「メグ」
メグ　「――ん」
あい　「あんた初舞台なんだし」
メグ　（叫ぶ）「正直に云って！」
あい　「――」
メグ　（新聞をとって読む）「新人谷村めぐみのニーナは、いかにも容姿は可憐かもしれないが、実力のない者を可憐のみでとり、敢えて大衆に媚びようとするのなら、この劇団がつちかって来た戦後五十年の先人たちの苦闘はいったいどのように浮かばれるのか」
あい　「――」

メグ　「チェホフは果たしてこれを是とするのか」
あい　「――」
メグ　「私、この人に憎まれてるみたい」
あい　「――」
メグ　「私もう判んない！　正直に云って！
　　　私の芝居って――そんなにひどかったの？」
あい　「――」
メグ　「本当にこんな書かれ方するぐらい？」
あい　「いくらなんでもその云い方はひどいわ。只――」
メグ　「只、何？
　　　何かこれから変えられることある？」
あい　「――」
メグ　「楽屋ですれちがってもみんな目をそらすし、滝沢先生も何も云はない。舞台はまだ始まったばかりなのよ!?　これから毎日やらなきゃなんないのよ!?　どうやってこれから劇場に行くの!?　どんな顔でみんなに挨拶するの!?」

あい　「――」

間

あい　「怒らない？」
メグ　「怒らない」
あい　「――」
メグ　「どんなこと云っても、私怒らない」
あい　「――」

間

あい　「問題は今回の舞台がどうこうじゃなくて、――これまでのあなたにあった気がするのよ」
メグ　「――（しゃくり上げる）どういう意味？」

間

あい　「あなたって基礎やるの好きじゃないじゃない」
メグ　「――（しゃくり上げ）うン、好きじゃない」
あい　「授業はまじめにきいてるけど――自主トレって殆んどしないじゃない」
メグ　「――うン、しない」

間

あい「あなたの感性とか、ひらめきのすばらしさは、誰でも文句なく一目置くけど、――磨く努力ってあんまりしないじゃない」

メグ（しゃくり上げる）「きらいだもン」

あい「そうよね」

メグ「努力って、きらいだもン」

あい「そうよね」

メグ「――」

あい「あなた自分の天性だけで何でも出来るって思ってるもンね」

メグ「――そんなことないわ」

あい「あら」

メグ「それほど私、――自信家じゃないわ」

あい「あら」

メグ「そりゃあ――努力は足らなかったかもしれないけど――私は私なりに――色々して来たもン」

あい「何を？」

メグ　「だから――、色々――、目を肥やすとか――一流の人から吸収するとか」
あい　「メグ」
メグ　（しゃくり上げて）「でも私――ずっと云はれてきたもン。――そういう風に――云はれてきたもン！　――滝沢先生にも、羽立先生にも――お前はお前、――その原石のまんまがいゝって――変な加工でゆがめちゃ駄目だって。
ずっとそういう風に――云はれてきたもン」
あい　「だけどそんなすてきな原石だって、磨かなかったら光らないでしょう」
メグ　「原石の方が、――私――好きだもン。人工的なの――私――きらいだもン」
あい　「――」
メグ　「あんた私のこと知ってるでしょう⁉　そういう人だってこと知ってるでしょう⁉」
あい　「知ってるわ」
メグ　「そんじゃガタガタ云はないで！」

あい　「云えって云うから云ってるンじゃない」
メグ　「云い方があるでしょう」
あい　「そんじゃ黙るわ」
メグ　「――」

間

あい　「大佐古ひろし、――大分揚がったよ」

間

メグ　「信じられない！　あんたまでそんな。――あんたは味方だと思ってたのに」
あい　(低く)「味方よ」
メグ　「うそだ。もう敵の側だ」
あい　「――」
メグ　「ほら怒ってる。私に怒ってる！」
あい　「手がつけられないだけ」
メグ　「ホラ怒ってる。どんどん怒ってる。どんどん怒って私から離れてる」

メグ、残っていたナスを手にとる。

メグ　「久米島愛！　ジューーーーーーッ!!!」

間

メグ　（泣く）「うわぁーーーーーッ!!」

メグ、去る。

あい、驚いてメグの去った方を見る。

――鍋に目を戻す。

あわてて、たった今メグが油に放り込んだナスを取り上げる。

音楽――ＩＮ．

転換。

黒い人歩いてくる。

6 黒い影

現在のマンション。
ソファーに坐っているメグ。
黒子が登場し、無表情に「呪い揚げセット」を片付けて去る。
じっと黒子を追っているあい。
黒子、去る。

メグ「飲まないの？」
あい「──」
メグ「イケるわよ、このシャトー・ラ・トゥール」
間
メグ「どうしたの？」
あい（気味悪そうに）「今の──誰？」
メグ「今のって？」

あい　「――今こゝ通った黒い人」

間

メグ　（笑う）「やなこと云はないでよ、誰もいないわよ」

あい　「見たモン」

間

メグ　（笑う）「気味悪いこと云はないで。この部屋何度も祓ってもらってンのよ」

あい　「――」

電話（ケイタイ）のベル鳴る。

反射的に二人共ケイタイに手を伸ばす。

メグ　「ゴメン。私」

ケイタイをとってボタンを押す。

メグ　「もしもし、あゝ――。

ううんまだこっちには連絡来ない。

そっちにも？

――うん。――うん。――うん。――判った。あったらすぐ知らせる。

（間）
あゝあの受賞パーティー！
お願いだから今そんなこと云はないで！　私がそんな状態じゃないこと、
あなた判ってる筈でしょう！
（間）
ゴメンナサイ、きつい云い方して。
（間）
判った。
——とにかくもう少し待って。
今私何とも返事できない。——ゴメン」（切る）

間

あい「パーティーがあるの？」
メグ「うン」
あい「何の」
メグ「日本映画祭の受賞パーティー」
あい「何か受賞したの!?」

メグ　「プレゼンテーターよ。単なるおかざり」
あい　「どんな人が来るの」
メグ　「日本映画の有名な人は殆んど集合するンじゃないの？」
あい　「――あんたも有名な人なンだ」
メグ　（チロッと睨んで）「イヤミ虫！」

　　　　　間

あい　「あの娘も行くのかな」
メグ　「誰」
あい　「今日のあの――32番の」
メグ　「あゝ、高村さん。来ると思うわ。たしかあの娘新人賞とっているから」
あい　「――フウン」

　　　　　間

あい　「ねえ」
メグ　「ン？」

　　　　　間

あい　「どうして今頃オンディーヌだったの？」

メグ　「――――」

　　　　間

あい　「15の役よ？　水の妖精の」

メグ　「もう無理？　今の私の齢には」

　　　　間

あい　「無理なンて云はないわ。現に私だって受けてるンだし」

メグ　「でしょう⁉」

あい　「――――」

メグ　「私お芝居ってね、あくまで虚構の世界だって思うのよ。お客さんが最初アレ？って思っても、あゝこれは一つの約束事だなって思いこませれば勝ちだと思うの。たとえ実際は30近くても、この娘は15だって思い込ませれば」

あい　「それは演技で？
　それとも容姿で？」

　　　　間

メグ　「うーん、両方かな」

あい　「どっちが強いと思う？　演技と容姿と」

間

メグ　「うーん。

　演技もあるけど――、演技だけじゃ容姿はカバーしきれないと思う」

あい　「容姿だけで演技もカバーしきれるのかしら」

メグ　「うーん」

あい　「――」

メグ　「とっても難しい問題」

あい　「――」

メグ　「でもホラ、私――夢だったじゃない？　オンディーヌを演る事。あの当時から」

あい　「――そうかしら」

メグ　「あらやだ。忘れちゃったの？」

あい　「ジャン・ジロドゥのオンディーヌを読みなさいって、すゝめたことだけはおぼえてるわ私」

メグ　「ウソよ！　私が教えたのが先よ！　ルイ・ジュウヴェのやった凄い芝居が

あるって。私があなたに教えたンじゃない！」

あい。

——ワインを飲む。

メグ「私があの頃神保町の本屋で、見つけ出して読んであんたにすゝめたのよ！
私絶対これをやるンだって！」

間

メグ「何度も何度もすり切れる程読んだわ。本当に絶対やるって私決めたわ」

あい「そんじゃあ聞くけど、オンディーヌのお父さんの名前は何？　お母さんの
名前は？　騎士の名前は」

メグ「騎士の名前はハンス。——親の名前は——。
一寸ド忘れした」

あい「舞台はどこ？」

メグ「フランス。深い森」

あい「ちがうわ。ドイツ。深い森林。湖のほとりに住む父親がオーギュスト。そ
の奥さんがユウジェニイ。水の妖精オンディーヌは養女よ」

メグ「——」

あい　「あの本は私が養成所に入ってすぐ、神保町の矢口書店でやっと見つけて買ってきたもンよ。いつのまにかあなたの本棚にあって、けんかになりかけたからあなたにあげたけど。あの本はあなたがすり切らしたンじゃないわ。私が読んで読んですり切れさしたのよ！」

メグ　「――」

メグ、急に立つ。
上手へ消える。
音楽――BG.
黒子が黙って舞台を横切る。
あい。
ワイングラスに手を伸ばし、――一口飲む。
音楽――OUT.

メグ　（戻る）「あげるわ。持ってって」
本を置く。
間

メグ　「でも本当は私の本よ」

あい、その本をメグの方へ押す。

メグ「いゝのよ。ウソ。よ。元々はあんたの」

あい「──」

メグ「知ってたわよ。あんたがあの頃、竜と二人でこっそり稽古してたの」

あい「──」

メグ「竜が騎士ハンス、あんたがオンディーヌ」

メグ、サッとグラスをあけ、次を注ぐ。

メグ「──飲まないの？」

あい。

──グラスにふたをして首をふる。

メグ「そうだ！　珍しい音楽きかせようか！　一寸待って！」

メグ、チョコマカ動き、デッキに音楽をセットする。

G線上のアリアが流れ出す。

メグ「判る!?　この曲！
私たちが養成所に受かった頃、滝沢先生が舞台で使ってた曲！　判る!?」

あい「──」

メグ　「なつかしいよね、あの頃私たち――17だったンだもン」
あい　「――」
メグ　「今の、高村さんと同じ齢」
あい　「――」
　　G線上のアリア。
　　間
メグ　「あの頃に私、――戻りたい！」
　　あい、メグを見る。
メグ　「もう一度戻って――やり直したい！」
あい　「――」
　　G線上のアリア。
　　間
あい　（低く）「戻りたいと思って、オーディション受けたの？」
メグ　「――」
あい　「15の役を、正直やれる自信があった？」
メグ　「――」

間

メグ　「正直云って無理だと思ったわ」

あい　「――」

メグ　「受ける前にね、ずい分悩んで、昔の――、古い写真集見たわ」

あい　「斉田さんがニースで撮った奴」

メグ　「そう斉田さんがニースで撮った奴」

あい　「――」

メグ　「オンディーヌがいるって私思ったわ」

間

メグ　「それから私――じっと見て。――鏡の前に裸で立って見て――」

間

あい　「どう思ったの？」

メグ　「まだやれるって私思ったわ」

あい　「――」

メグ　「今なら間に合うって、――そう信じたの」

あい　「――」

メグ　「斉田さんに連絡とってもらって、――全部脱ぎ捨てて見てもらったわ」
あい　「――」
メグ　「大丈夫行けるって、斉田さん云ったわ」

間

メグ　「それからみんなに相談したわ」
あい　「みんなって」
メグ　「みんなよ。私の――親しいファミリー」

間

あい　「あなた最高の人たちに囲まれてるもンね」
メグ　「――そう。――ホント。それが私の唯一の財産」

間

あい　「私が何故受けたか本当のこと云おうか」
メグ　「うン。云って」

間

あい　「あんたが受けるってきいたからよ」

メグ。

メグ　「知ってたの!?　私が受けること」

あい　「知ってたわ。プライドが高くてオーディションなんて今まで一度も受けたことのないあなたが、今度初めてオーディション受けるって」

メグ　「――――」

あい　「ニューヨークでそのこと耳にはさんで、私も帰って受ける気になったの」

間

メグ　「うそだわ」

あい　「どうして」

メグ　「私が受けること誰も知らないもん」

あい　「――――」

メグ　「今だって外部の人全然知らないもン。今日あの会場にいた人たち除けば」

あい　「きいてたのよ」

メグ　「誰から」

あい　「アンソニーから」

間

メグ　「アンソニー・ハミルトン!?」

あい「私、あの人のレッスン受けてるから」
メグ「――」
あい「受けたらどうかって、彼が云ったのよ」
　間
メグ（ショック）「そういうことか」
あい「齢のことはあったけど、あんたが受けるなら、――勝負してみようって
　私思ったわ」
　間
　メグ、音楽を消す。
メグ「そういうことか」
あい「――」
　間
メグ「それじゃあ私、――見込みないわね」
あい「そんなこと判ンないわ。あなた日本じゃスターだし。アンソニーは凄く公
　平な人だし。それに今日あなたが衣裳つけてきたとき、本当にパッて花が
　咲いた気がしたもの」

メグ　「――」
あい　「電話が鳴るまで判らないわ」
メグ　（首ふる）「本当云ってやられたって私思ったのよ。あなた演じる時、人じゃなかったもの」
あい　「――」

間

メグ　「あゝいう演じ方、――向うでつかんだの？」
あい　「――さァ」
メグ　「向うのスタジオってどういうこと教えるの？」
あい　「――一口で云えるわけないでしょう」
メグ　「向うのスタジオに通ってる人って、――あなた位のレベルの人いっぱいいるの？」
あい　（笑う）「私なンてまだ、ほんのかけ出しよ。プロフェッショナル・ワーキングクラスの人たちなンて」
メグ　「何そのプロフェッショナル――」
あい　「現在世間で活躍してる人たちのクラスよ。日本じゃ売れてる俳優さんたちが勉強に通うスタジオなンてないけど、向うじゃ売れてる俳優さんたちの60~70%が仕事の合間を縫ってそういうスタジオでトレーニングしてるわ。ダンサーは毎日トレーニングするじゃない。ボクサーが一カ月練習を休んだら筋力はたちまち落ちちゃうでしょう。演技力だって同じことだわ。だから彼らはスタジオに通うの。ダスティン・ホフマンだって、ケビン・スペイシーだって――」

音楽――IN.

あいの目が一点をさまよっている。

メグ。

――気がついて。

メグ「どうしたの?」

あい「――」

メグ「どうしたの?」

間

あい「黒い人が見える?」

メグ「何云ってるの」

あい　「ホラ、そこ——」
メグ　「あい！　どうしたの！」
　　あい、一点を見たまゝメグの手にすがる。
メグ　「誰もいないわよ！　どうしたのあい！」
　　あい。
　　音楽——OUT.
あい　（ホッと）「——あゝ、行った」
メグ　「——あい！」
　　間
あい　（ぼんやり）「ゴメン、何でもない」
メグ　「あんた——！　どうしたの！　——どっか悪いの!?」
　　あい、我に返り、フッと笑う。
あい　「ゴメン。
　　——何でもないわ」
メグ　「——」
　　間

急にフッと笑う。

あい「すてきだったね。衣裳」

メグ「衣裳？」

あい「今日のオーディションで着た、オンディーヌの」

メグ「――あゝ」

あい「作らせたの？」

メグ「だから作ってくれたのよォ。九条さんが――
ねえあい、本当に大丈夫なの？」

あい（笑う）「大丈夫よ。ねえ。あの衣裳、もう一度見せて」

メグ「――いゝわよ」

あい「アンソニー、すごくほめてたじゃない」

メグ（取りに立つ）「本当は一寸心配だったのよ。オーディションに衣裳なんてつけてっていゝのかって。だけど九条さんや黒沢さんが、おまえのセンスを売り込むべきだって。

（奥から）ねえ。このこと竜も知ってるの？　あなたと私が、ここでオンディーヌの役を、争ってること」

音楽――――ＩＮ．
照明変ってゆく。
転換。
ゆっくりオンディーヌの本を開くあい。
突然、周りの壁が動き出す。
怯えるあい。
ニューヨークの市街を歩くあい。
向うから二人の黒子が歩いてくる。
すれ違いざまに捕まるあい。
服を脱がされ連れ去られる。
間
ふるえながら戻ってくるあい。
ゆっくり坐り服とカバンを拾いうずくまる。

7　裏切り（過去）

花をいっぱいかゝえたメグが打上げパーティーから御機嫌で帰ってくる。

メグ　「――あらまだ起きてたの!?　ねてればよかったのに！」

あい　「――」

メグ　「沢木さんの店に二次会で行ったのよ！　滝沢先生が酔っぱらっちゃって、みんなの前でパンツ脱ぐンだもン。田村先生がマジに怒っちゃって、そんなしなびたもン見たかありません！　30年前は少しは見られたけど！　みんなもうズッコケて大笑い。滝沢先生、30年前から――」

あい　「――」

メグ　「どうしたの」

間

あい　「いつからだったの？」

メグ　「――何が」

あい　「――いつから竜と出来てたの」

メグ　「――」

間

あい　「みんな、そのこと知ってたみたいね」

メグ　「――」

あい　「私一人が知らなかったみたい」

メグ　「――」

あい　「信じられなかった。――あんたに裏切られていたなンて」

メグ　「――」

間

メグ　「ゴメンナサイ」

あい　「――」

メグ　「――そんなつもりなンてなかったのよ最初は」

あい　「――」

間

メグ　「トレープレフへのニーナの気持ちが、いつまで経ってもうまく出なくて、田村先生に呼ばれて怒られたわ。相手を本気で愛さなくちゃだめだって。あんたは頭でしか愛してないって。本気で竜を好きになりなさいって」

あい　「――」

メグ　「竜と二人で、何度も話したわ」

あい　「――」

メグ　「本当云うと竜と二人で話すのも、あなたにすごく遠慮があったから、――あなたに内緒で二人で逢ったわ」

あい　「――」

メグ　「稽古が終ってから青山墓地や、千鳥ヶ淵の公園で落ち合って」

あい　「――」

メグ　「あなたに内緒っていううしろめたさが、――なにかそれだけでドキドキさせたわ」

あい　「――」

メグ　「役と現実はちがうンだから、お互いすっぱり割り切りましょうって、――そういう話を最初のうちはしたわ」

あい　「――」
メグ　「それで段々楽になってって、――滝沢先生にも変ったって云はれて」
あい　「――」
メグ　「それで――段々――そうなってっちゃったの」

間

あい　「私のいない時、この部屋でも逢ったの？」

間

メグ　「一回か二回よ」
あい　「――」
メグ　「三回だったかな」

間

あい　「どうして早く云ってくれなかったの？」
メグ　（びっくりして）「云えないわよォそんなこと！」
あい　「――」
メグ　「考えてみてよ！　云えるわけないでしょ!?　付き人みたいなことまでさせちゃって、散々お世話になっちゃってるのに、恋人とりましたなンてそんなこと云える⁉」

間

あい「云えないわね」
メグ「云えないでしょ⁉」
あい「――――」

あい。

――フッと笑う。

あい「それでこれから、どうするの?」
メグ「どうしよう」

間

あい「私もういゝや。あなたにゆずる」
メグ(天真爛漫に)「本当⁉　よかった‼　私もうすごく悶々としてたの。竜も大事だけどあなたのこと。仲たがいになったらどうしようって」
あい「――――」
メグ「よかったァ!　胸のつかえがスーッと下りた。アラ!　おなかが鳴っちゃった。私だよね。何か食べるものあったっけ」

メグ、キッチンへいそいそと立つ。

あい「ねえ」

メグ（奥から）「なあに⁉」

あい「私、この部屋出て行くわ」

メグ、ビックリして出る。

メグ「どうしてェ‼」

あい「――」

メグ「いゝのよ当分このまゝで。竜だって自分の家一応あるンだし」

あい「ニューヨークに行こうと思ってるのよ」

メグ「ニューヨーク⁉」

あい「私勉強しなおしたいの。今のまゝじゃ全然だめだと思うし」

間

メグ「止めなさい！」

あい「――」

メグ「それは無茶。止めなさい。日本でだって勉強できる。大体そんなお金があるの⁉　大阪の家の方許してくれるの⁉」

あい　「知らない。だけど——行くなら今だもの」

メグ　「あなた高木さんのこと知ってるでしょう？　ニューヨークで二年間、アクターズ・スタジオで勉強してきましたなンて、自分で吹聴して偉そうにしてるけど、みんな陰では笑ってるわ。何を勉強してきたンだって。大体アクターズ・スタジオにいたなンて云うのもそういう事実ないみたいよ。第一英語の壁がきつくて、一年や二年の留学なンて」

あい　「一年や二年のつもりじゃないわ」

メグ　「——」

あい　「最低10年。できればもっと。グリーン・カードを向うで取ってできればずっとあっちにいたいの」

メグ　「——」

あい　「本気よ私。ずっと考えてたの」

　　　メグ。

　　　間

メグ　「一つきくけど。——それは、竜のことと関係あるの？」

あい　「ないわ」

メグ　「――本当ね」

あい　「本当よ」

メグ　「そんじゃいつからそんなこと考えてたの」

間

あい　「演出部にバクさんているでしょう」

メグ　「うン」

あい　「あの人にずっと前云はれたことあるわ。お前にしてもメグにしてもちょっとばかし愛嬌のある顔してる。だから今ンとこ可愛がられてる。だけどまちがえるな。お前らの今の顔はお前らが作ったもンじゃない。お前らの御両親が作ったもンだ。これからの顔はお前らが作るンだ。そうしてこれから自分の創った顔でお前らは世間と勝負するンだ、お前らの声だって演技だってそうだ。今やってるのは親の作ったもンだ。それを磨くのはこれからのお前らだ。日本のテレビや芸能界は親のつくったものだけを認める。自分のつくったものを認めようとしないし、役者は磨いてつくろうともしない。そのことを今のうちによく考えろ」

　　間

メグ　「云えてるね」

あい　「云えてるわ」

　　間

あい　「だからね、――私、――日本にいたくなくなったの」

メグ　「――」

あい　「竜のせいなンかじゃ全然ないわ」

　　音楽――I N.

　　あいとメグ、スローモーションですれ違いながら夫々の向かう方向へ歩く。

　　転換。

8 あれから（現在）

椅子に坐るあい。

メグがオンディーヌの衣裳を持って来てハンガーにかけ、壁に吊るす。

見ている二人。

あい「きれいだわ」

メグ「私も気に入ってるの。九条さんが来年のオートクチュールで発表する開発中の生地なンだって」

あい「きれい」

メグ「工場で特別に作らしてくれたの」

間

あい「あの頃とサイズ変ってないの？」

メグ「それが全然変ってないの！　不摂生ばっかりしてるくせに」

あい「――――」

メグ　「あなたは変った？」

あい　「――変ったわ」

メグ　「少し、やせた？」

あい　「――まあね」

メグ　「しぼれたンだ」

あい　「しぼれたンじゃないわ。やせたのよ」

メグ　「――」

間

メグ　「スタジオ今でも通ってるンでしょ」

あい　「毎日行ってるわ」

メグ　「他にもやってるの」

あい　「ダンスと、声楽と、ジムに行ってるわ」

メグ　「ずっと？」

あい　「やってないと気持ちが落着かないわ」

メグ　「凄いな」

間

メグ　「スタジオってどういうこと教えてくれるの！」

あい　「色んな授業があるけど。

　ボイスとか、ボディ・ダイナミクスとかマイムとか。

　インプロビゼーションとかファイティングとか」

メグ　「ファイティングってそれ殺陣(たて)のこと？」

あい　「ンまぁ殺陣だけど——向うの舞台ではね、役者がけがしないことを第一

　に考えるの」

メグ　「——フウン」

あい　「たとえば日本じゃ相手のホッペタを本当に叩いたりすることあるじゃない」

メグ　「する。わたし実際に本気で叩く」

あい　「向うじゃそれは絶対禁止なの」

メグ　「迫力出ないじゃない」

あい　「一寸立ってみて」

メグ　「——」（立つ）

あい　「私を思いっ切りひっぱたいて」

メグ　「——いゝの？」

あい　「どうぞ」

メグ　「――」

　　メグ、思いっ切りあいの頬を張る。

　　バチンといゝ音がして、あい、頬をおさえ涙を浮かべる。

あい　「イタ～～ィ！」

メグ　「――！」

　　あい、ニコッと笑う。

あい　「ね。つまりこういうのは全部被害者の方が演技するの。音を出すのも痛く

　　見せるのも」

　　メグ。

　　間

メグ　「私にもやらせて！」

あい　「いゝわよ。私が、こう、行くから出来るだけそのそばで手を叩いて。お客

　　さんから見えない角度で。いゝ？」

　　あい、メグの頬を殴る仕草。

　　メグ、手を叩くがうまく鳴らない。

あい　「ダメ！　その音をちゃんと出さなくちゃダメ！」

メグ、何度か試みる。

少し音が出る。

あい　「そこに痛そうな表情をつけるの。行くわよ」

バチン。

メグ　「イタ〜〜ィ！」

あい　「そうそう」

メグ　「――成程ねぇーー！」

間

あい　「こういうのもあるわ」

あい、いきなりメグの首しめる。

メグ　「――何すンの！　ク、苦しーー！」

あい　（手を放して）「まともにやれば苦しいでしょ。これを逆にやるの。私の首しめてごらん」

メグ　（しめる）

あい　「ダメ!!　本当にしめちゃだめ！　あなたは首しめた恰好しながらその手を

首から力いっぱい離すの。私はそれを離すふりしながら力いっぱい首に近づけるから。

ネ。そうすると両方力が入ってるからあなたが私の首しめてるように見えるでしょ。そこに表情加えて（演じる）ク、ク、苦シ――。

――判った？」

間

メグ「凄いな」

あい「映画やテレビなら良いかもしれないけど、舞台は次の日もあるんだから、役者に怪我させちゃったら大変でしょ」

間

メグ「なるほどね。インプロビゼーションて即興のことでしょ」

あい「そうよ」

メグ「昔よくやったよね。設定作って」

あい「――」

メグ「やろうか！　久しぶりに、あの頃みたいに」

あい、突然ケイタイをとる。

あい　「ハイ！　――私です。
　　　（チラとメグを見る）
　　　ウソ！
　　　本当ですか!?　ありがとうございます！　ハ？　――
　　　ハイッ。
　　　（メグにニッコリ親指を立ててみせる）
　　　Anthony!!
　　　Thank you so much!!
　　　Amazing!!
　　　Great!!
　　　Wait a sec!」
　　　　メモし始める。
あい　「Humh. Humh――humh――humh.」
　　　　ゆっくり立ち上がるメグ。
あい　「OK! I understand!
　　　See you later! Bye!!」

ケイタイを切る。

あい　（メグに）「ゴメンネ。私に決まったたって」

メグ　「――――!!」

あい　（歓喜）「信じられない！　どうしよう!!」

あい、メグにとびつきピョンピョンはねる。

メグ　「本当なの？」

間

あい　「ウソよ。即興しようって云ったのあんたじゃない」

間

メグ、あいの頬を張る。

あい、自分で音を出し、痛そうな表情。

メグ、あいの首をしめる。

あい　「ウッ、ウッ」

ふりほどく。

あい　「何すンのあんた！　本息（ほんいき）でしめたわね！」

メグ　「意地悪なンだもん！」

あい「自分からやろうって云っといて！」
メグ「全くゥ！」

間

メグ「月に今、どれぐらい稼いでるの？」
あい「稼ぐって？」
メグ「仕事で」
あい「仕事でなンて、殆んど稼げないわ。とれないもの、欲しい人がいっぱいいすぎて。オーディションにはしょっ中行くけど」
メグ「――ホント」

間

あい「スタジオのロビーに掲示板があって、そこにオーディションの案内が張り出されるのよ。みんな夢中でそれをメモするわ。中にははがして持っていっちゃう人もいるの。大きなオーディションになったらもう大変。〝はがさないで！〟なンて貼り紙がしてあるわ。ダンススタジオのロビーも同じ。それで時々同じオーディションを受けてる人の顔写真が貼られるの。××さんがこの役を射止めましたって。世にも倖せって笑ってる写真。

二、三日するとその写真の上に、ペンで色々落書きが書かれるわ」

メグ「どんなことが？」

あい「おめでとう！　とか――そういうのもあるけど。中にはひどいのもずいぶん分あるわ。何であんたが！　とか、恥かいてらっしゃいとか」

間

メグ「あなたも書かれた？」

あい「一度だけ書かれたわ」

メグ「何て？」

間

あい「東洋人で良かったねって」

メグ「――」

あい「ミス・サイゴンの端役に受かったとき」

間

メグ「あなたも書いた？　人の写真に」

間

あい「忘れた」

間

メグ　「それじゃどうやって食べるの？」

あい　「――色々」

メグ　「あっちの部屋代って高いンでしょ？」

あい　「安かないわね」

メグ　「一人で住んでるの？」

あい　「そうよ」

メグ　「行ってからずっと？」

あい　「――」

メグ　「好きな人いないの？」

長い間

あい　「いるわ」

メグ　「その人と一緒に住んでないの？」

あい　「――」

メグ　「一緒にいなくて我慢できるの？」

間

あい　「ねえ」

メグ　「ん？」

あい　「ウイスキー、少しある？」

メグ　「バーボンならあるわ。飲む？」

あい　（頷く）「少しだけ」

メグ、キッチンへ取りに行く。行きかけて入口でフッと立ち、ふり返る。

メグ　（笑って）「ねえ、急に思い出した。卒業公演で〝セールスマンの死〟やったじゃない。あの時キッチンのドア出入りする度に現在になったり過去になったりするの。阿部さんがウィリー・ローマンやって、現在だか過去だか判んなくなっちゃって」

メグ、笑いつゝ、バーボンとグラスを持って帰ってくる。

メグ　「何だかあのつゞきやってるみたい。

一寸待って。今氷とお水持ってくるから」

あい　「いらない」

メグ　（驚いて）「いらないの？」

あい、グラスにウイスキーを注ぎながら

あい　「スタジオにマイケルっていうおじいちゃんがいたわ。その人とある晩、ビレッジで飲んだの。あるオーディションに私が落ちて、ものすごく一人で落ち込んでた日」

メグ　「――」

あい　「その人いつも汚いかばんを肩から提げてスタジオに来るンだけど、そのかばんからアルバムとり出してテーブルの上にのせて云うの。俺は今73才になるが、50までは広告代理店をやってた。俺は社長で仕事もまァまァだった。50の歳にブロードウェイで、アーサー・ミラーの〝セールスマンの死〟って云うお芝居を見た。主人公、ウィリー・ローマンがその日から頭の中に住みついた。何度も見に行って消そうとしたがウィリー・ローマンは益々住みついた。52才で代理店を売って、このスタジオで勉強を始めた。63～4から小っちゃな役が来た。
そう云ってアルバムをめくって見せるの。何をやった時。かにをやった時。みんな小っちゃな役ばかりだったわ。
それで最後にね。一枚の写真をとり出して、これが判るかって私に聞くの。郊外の町はずれの、古ぼけた映画館みたいな写真。判らないわって私が云ったら、マイケル急に私の手をとって、目をキラキラさせて私に云ったの。ニュージャージーにある古い小屋だよ。この秋こゝで、俺は念願のウィリー・ローマンが遂にやれるンだって！」

間

メグ　「あい」

あい　「？」

間

メグ　「死のうとしたこと、あなた、ある？」

あい　「――――」

メグ　「思ったことじゃなくて、死のうとしたこと」

間

あい　「あなたはあるの？」

メグ　「あるわ三回。二回は表に出なかったけど――一回はあなたもどっかできいたでしょ」

あい　「――」
メグ　「マスコミからあんまりひどく叩かれて――地球上の人みんなからきらわれてる気がしたわ」
あい　「――」
メグ　「くにに電話しても兄さんに切られるし」
あい　「――」
メグ　「何処にも行けないで部屋ン中にいると、まわりの壁が小声で囁くの。いらない、いらない、いらない、お前なンかいらないいって」
あい　「――」
メグ　「お風呂に入って、お湯につかって、――カッターナイフで手首切ったわ。
（間）
赤くて細い糸みたいだった。
（間）
それがね突然ね、川になったの。それも大きな川。ドドッと流れて湖の中に、いきなり真赤な大きな流れが、水彩の中に真赤な油を流したみたいに、すごい勢いでフワーッて拡がったの」

あい　「――」

メグ　「変な云い方だけどすごくきれいだった！　みんなに見せたいって私思ったわ！　こんなきれいなもの。みんなに見せたいって。ねえ見て！　見に来て！　本当にきれいだから！」

あい　「――」

メグ　「痛みも、苦しみもなんにもなくって、――とっても気持ちがよく気が遠くなったわ」

あい　「――」

メグ　「気がついたら病院のベッドの上で――事務所の女の子が――真青な顔してのぞきこんでたの」

あい　「――」

メグ　「狂言自殺って新聞に書かれたわ」

あい　「――」

メグ　「何でもかんでも悪意にとられるの。一部始終を年中監視されて」

あい　「――」

メグ　「いつも誰かに見られてるって気持ち判る？　年がら年中見張られてるのよ。誰かと一寸食事をしても。人を好きになっても。買い物しても」

あい　「――」

メグ　「世間はそれが愉しいかもしれないけど、見張られてるこっちはたまらないわ。母さんのことまであれこれ云はれて」

間

あい　「伊吹先生とはまだ続いてるの？」

間

メグ　「あなた知らないの？　先生の奥様の四宮ゆかりさんが自殺して、その原因が私だってことになったの」

あい　「知ってるわ」

メグ　「魔性の女って散々叩かれたわ」

あい　「――」

間

メグ　「その後四宮さんの狂信的ファンに伊吹先生が襲はれる騒ぎがあって」

あい　「――」

メグ　「母さんの命令で私先生から離されて黒木さんの別荘にしばらく潜んでたわ」

　　　間

あい　「それで、切れたの？　伊吹先生とは」

　　　間

メグ　「母さんの方を切ったわ。伊吹先生じゃなく」

　　　間

メグ　「先生は日本に厭気がさして一人でどっか外国へ消えたわ」

あい　「――」

メグ　「三年前から音信不通よ」

あい　「――」

　　　間

メグ　「本当云って私。こゝ一年半、――パートナーもいないし、仕事らしい仕事なにもしてないわ」

あい　「――」

メグ　「仕事がしたいの！」

あい　「――」
メグ　「このオンディーヌの役につくことが、今の私の唯一の頼みなの！」
あい　「――」
　　メグ、急に一切の虚飾を取り払う。
　　急に立ち、壁に向かって坐り込む。
メグ　「ねえあい！　お願い！　一生のお願い！　この役頂戴！　私に頂戴！」
　　あい、じっとグラスを見つめている。
メグ　「どんなことでもする！　私、何でもする！　だからお願い！」
　　あい。
　　間
あい　「死のうとしたことは私、ないわ。でも――。生きようとしたことなら何度かあるわ」
メグ　「――」
あい　「お金がなくって――食べるものがなくて――。三日間水だけ飲んでいたけど、――どうしても我慢がし切れなくなって――」
メグ　「――」

あい　「コンビニで捨てられるハンバーガーを待って――裏口にじっと――何度も立ったわ」

メグ　「――」

あい　「コールガールとまちがえられて――姐ちゃんいくらだって――肩を抱かれたわ、その時の男のものすごい体臭」

メグ　「――」

あい　「そういうことが――二、三回あったわ」

メグ　「――」

間

あい　「それでも私、何でもない顔して、――毎日、ヘローってスタジオに通ったわ」

メグ　「――」

あい　「ある日スタジオの若い先生が――、私を脇に呼んで小さな声で云ったの。――今夜、一緒に食事をしないかって。その人、私が喰べてない事、二、三日前から気付いてたみたい」

メグ　「――」

あい　「食事って言葉だけが耳にとびこんで――。
　　　その人に私――ついてったのよ」
メグ　「――」
あい　「その人、そんなにお金がなくて――、ダウンタウンの小さなメキシカン
　　　で――坐ったら、なんでも注文して喰えっ、て云ってくれたわ」
メグ　「――」
あい　「喰えって云はれたうれしさが判る？」
メグ　「――」
あい　「プライドも、国籍も、――何ンにもなかったわ」
メグ　「――」
あい　「喰べるっていうこと。それだけがあったわ」
メグ　「――もの凄い話」
　　　　　あい。
　　　　グラスを口に運びかけ――止める。
メグ　「飲めば？」
あい　「――」

メグ　「飲んでもっと」
あい　「――」（首ふる）

間

音楽――

あい　（急に低く）「行って！」
メグ　「エ？」

間

あい　「あっち行って！」
メグ　「私が？」
あい　「――」
めぐ　「でもこゝ――。
あい？」
あい　「――」
メグ　「どうしたの？」
あい　「――」
メグ　「大丈夫？」

あい　「――」
　　あい、一寸震える手でボトルを持ち、グラスに注いで一気に飲む。
　　音楽――ＯＵＴ．
　　目を閉じる。
メグ　「――あい」
　　間
あい　「ごめん」
メグ　「――」
あい　「大丈夫」
メグ　「どっか悪いの？」
あい　「何でもない」
メグ　「あんた変よ。何だかさっきから」
あい　（首ふる）「何でもないわ。おどかしてごめんなさい」
　　間
あい　「きれいな衣裳ね。
　　――ホントにきれい」

間

メグ「ねえ」

あい「――」

メグ「ハミルトンさんに云ってあげてくれる？　私は落ちてもこの衣裳のことは――」

あい「――」

メグ「九条ジュンコって今日本で売り出しのトップデザイナーで、すばらしい才能の持主だって」

間

あい「ねぇ」

メグ「ん？」

あい「あなた絵描きさんに知合いいる？」

メグ「勿論いっぱい知ってるわ。黒木さんだって」

あい「そんなに有名な人じゃなくて良いのよ。モデルの仕事くれる人いないかな」

間

メグ　「モデルって、絵の？」

あい　「そうよ、ヌードモデル」

メグ　「そんなことあなたやったことあるの⁉」

あい　「あるわよ」

　　　メグ。

メグ　「全部⁉　スッポンポンで⁉」

あい　「そうよ」

メグ　「——平気なの⁉」

あい　「仕方ないでしょ、喰べる為なら」

メグ　「——」

　　　間

　　　メグ、ふいに抽出しから何枚かの金を出す。

メグ　「持ってって！　今は手元にこれっきゃないけど」

あい　（ピシリ）「止して！」

メグ　「いゝのよ」

あい　（キッパリ）「要らない私！　絶対に要らない！」

ケイタイ電話のベルが鳴る。

凍りつく二人。

あい　「私のよ」

あい、とる。

あい　「そうです」

——小さくうなずきつゝ電話を聴く。

しばらく。

——。

あい　「判りました。どうも、ありがとうございました」

切る。

あい、大きく息をつく。

メグ。

間

9―1　メグ合格のケース

メグ　「結果が出たの？」

間

あい、いきなりメグを抱きしめる。

メグ　「どうしたの!?」
あい　「――」
メグ　「あい！　結果が出たの!?」
あい　「――」
メグ　「あんたが受かったの!?　高村って娘？」
あい　「――」
メグ　「あの娘だったンでしょう」
あい　「あなたよ。あなたに決まったって。もうじきあなたにも電話入るわ」
メグ　「ウソ!!　即興はもう沢山！」

あい　「――」
メグ　「ウソでしょう!?」
　　ケイタイのベルが鳴る。
　　殆んど同時に部屋の電話のベルが。
メグ　（ケイタイをとって）「ハイ！　――私です!!」
　　見る見る満面の笑みが溢れる。
メグ　「本当なンですか!!　――ありがとうございます!!
　――ハイ――ハイ――」
　　あい、のろのろと、もう一つの電話を外して耳に当てる。
あい　「もしもし。――そうです。――メグは今別の電話にかゝってて。
　――ハイ、その報せのようです。――ありがとうございます。申し伝
　えます」
　　切る。
メグ　（切って）「誰から」
あい　「事務所」
　　あい、大きく手を開く。

あい　「おめでとう」

メグ　「ありがとう」

　　　　メグ、あいの胸に飛び込む。

メグ　（大きく息をつく）「信じられない――！」

　　　間

あい　「乾杯しようよ」

メグ　「本当!?　してくれる!?」

あい　（笑って）「当たり前でしょ」

　　　　メグ、あいのグラスにワインを少し注ぎ。

メグ　「気にしてない？」

あい　（笑って）「大丈夫よ」

　　　　ワインを少し注ぐ。

メグ　「怨んでない？」

あい　（笑って）「どうして怨むの？」

　　　　ワインを少し注ぐ。

メグ　「私の写真にひどい落書きする？」

あい　（笑って）「しないわ」

メグ　「よかった」

メグ、自分のグラスにワインを注ぐ。

二人はグラスを重ねる。

二人　「乾杯！」

あいのケイタイが突然鳴る。

あい、とる。

あい　「はい。Hello.

Yeah.（え↗）

――Nh-nuh.（――え↗）

――I understood.（――判ったわ）

――Yeah, she is.（――そうよ）

――。

（間）

――Yeah, I'm okay.（――大丈夫よ）

――。

（間）

——Just a little.（——一寸飲んでるわ）

——Don't worry.（——心配しないで）

I've got it under control.（判ってるから）

Really, I'm okay.（本当に大丈夫よ）

I'm doing all right.（私は平気だから）

Thanks for calling.（電話ありがとう）

Good luck on the performance.（演出がんばってね）

I wish you the best.（成功を祈るわ）

Bye.（じゃ）」

　メグ、途中でケイタイを持っていそいそとキッチンへ。

　——しばらくして戻ってくる。

　あい、電話を切る。

メグ　「本格的英語ね。誰から？」

　間

あい　「アンソニー」

メグ　「ハミルトンさん!?　あんたハミルトンさんに直接ケイタイの番号教えてたの!?」

あい　「――うン」

間

メグ　「彼、何だって？」

あい　「飲むなって」

メグ　「此処で飲んでること、どうして知ってるの!!」

間

あい　「ちがうわ。私今、治療中だからよ」

メグ　「治療中？」

あい　「アルコール依存症で、――禁酒してたのよ」

メグ　「――」

あい　（飲む）「さっき話が途中になったわ。どこまで話したっけ。メキシカン料理屋。――そこから歩いて、――アパートへ行ったわ。彼と肩組んで――私のベッドへ」

メグ　「――」

あい　「それから一年半、一緒に住んだの」

メグ　「――」

あい　「彼、スタジオにファンがいっぱいいたから、まわり中急に冷たくなったわ。私が彼を誘惑したって」

メグ　「――」

間

あい　「shunningって言葉あなた知ってる？」

メグ　「――」（首ふる）

あい　「徹底的に無視されること。まわり中みんなが私のことを、避けるなんてもンじゃなくて、まるでその場に存在しないみたいに徹底的に無視するの」

メグ　「――」

あい　「あなたさっき周囲のみんなからずっと見られてて辛いって云ったわね。私はその逆。
全ての人が完全に無視するの。
それが――、一年半、まるまるつゞいたわ」

メグ　「――」

間

あい　「ライハムシアターから彼の所に急に大きな演出の仕事が来て——それがヒットして一躍時の人」

メグ　「——」

あい　「アンソニー・ハミルトン」

メグ　「——」

あい　「アメリカン・ドリーム！」

メグ　「——」

間

あい　「夢をつかんだらそのまゝ出ていったわ」

メグ　「——」

間

あい　「今でも彼はスタジオで教えてるし、私も彼のレッスンに出るわ」

メグ　「——」

あい　「とってもやさしくて、面倒見の良い人。治療のカウンセラーも紹介してくれたし」

メグ　「――」
　　　　あい。
あい　「彼が今電話であなたのこと云ったわ。――お前もがんばったけど彼女には敵わなかったたって」
メグ　「――」
あい　「それは衣裳とか、容姿のことじゃないって、あんたの演技がすばらしかったって。どこであの娘はあゝいう演技を身につけたンだろうって」
メグ　「――」
　　　間
あい　「電話してあげれば。彼喜ぶわ」
メグ　「――」
あい　「彼の居場所はね、――フェアモントホテルの４１２号室」
メグ　「一寸待って！」
　　　　メグ、急いでメモをとる。
　　　　あい、急に立つ。
あい　「さ、もう行かなくちゃ。これから色々あるでしょう？」

メグ　「泊まってってよ」

あい　「遠慮しとくわ」

メグ　「ニューヨークにはいつ帰るの」

あい　「便がとれれば多分明日」

メグ　「どうして！　家に泊まればいゝじゃない！　ゆっくりあれからの話しようよ！」

あい　「今度逢ったときね」

メグ　「今度っていつ？」

あい　「そうね。もうあと二、三十年たって、ラネフスカヤ夫人のオーディションで逢うとき」

あい、去る。

メグ　「そんなに私、やってないわこの仕事」

メグのケイタイが鳴る。

メグ　「ハイ！　――そうなの！」

あい、戻る。

あい　（ピシリと）「やってく気がないなら止めなさい今すぐ!!」

メグ　「――」

あい　「私は一生を賭けてるつもりよ」

メグ　「――」

あい　「あんたさっき昔に戻りたいって云ったけど、私はちがうわ。
　　　絶対にちがうわ」

メグ　「――」

あい　「私は先に進んで行きたいの」

メグ　「――」

　　　あい、去る。

　　　メグ、一人。

　　　間

　　　電話をゆっくり耳にあてる。

メグ　「ゴメン。

　　　――ありがとう。

　　　――どうして？

　　　――そんなことないわ。

うれしいわ。
受賞パーティー？
――あゝ。
（間）
今夜は許して。
――ひとりでいたいの」
電話を切る。
メグ、あいを追いかけるが途中で立ち止まる。
間
メグ、ゆっくりソファの方へ歩き、膝をかかえてうずくまる。
過去の音楽（G線上のアリア）

9―2 あい合格のケース

あい　（大きく息を吸って）「ごめんね。私が通ったって」

　　メグ。

　　長い間

あい　「帰るわ」

　　あい、カバンをとる。

メグ　「待ってよ！」

あい　「――」

メグ　「乾盃ぐらい私にもさせてよ！」

　　メグ、ワインをあいのグラスに注ぐ。

　　グラスをあげて。

メグ　「おめでとう！」

あい　「――ありがとう」

乾盃。

間

メグ「そうだ、この衣裳、もらってくれない？　あげる！　よかったらせめて衣裳だけでも着て！」

間

あい「判った。ありがとう。よろこんでいただくわ」

メグ、殊更はしゃいで衣裳をとる。

メグ「よかったわ、あなたがオンディーヌの役とれて！　あなたが長いこと苦労したンだもン。当然よ受かって、最初から私」

メグのケイタイ鳴る。

メグ（とって）「――

判った。

ありがと」

間

メグ「それは断って。

とても行くような気分になれない」

電話を切る。

間

メグ、懸命に笑ってみせる。

メグ「何の話してたっけ。

——あゝ！　あなたがスタジオの若い先生にごはんを食べさしてもらった話。その後どうなったのその先生と」

間

あい「ききたい？」

メグ「ききたい！」

間

あい「酒を止めろって真剣に云はれたわ。涙をためて。恐い顔で」

メグ「——」

あい「私そのころアルコール依存症で。心も体もボロボロだったのよ」

メグ「——」

あい「レストランを出てから、アパートへ行ったわ。

彼に支えられて——私のベッドへ」

メグ 「——」

あい 「それから一年半、一緒に住んだの」

メグ 「——」

あい 「彼、スタジオにファンがいっぱいいたから、まわり中急に冷たくなったわ。私が彼を誘惑したって」

メグ 「——」

間

あい 「shunning って言葉あなた知ってる?」

メグ 「——」(かすかに首ふる)

あい 「徹底的に無視されること。まわり中みんなが私のことを、避けるなんてものじゃなくて、まるでその場に存在しないみたいに徹底的に無視するの」

メグ 「——」

あい 「あなたさっき周囲のみんなからずっと見られてて辛いって云ったわね。私はその逆。

全ての人が完全に無視するの。

それが——、一年半、まるまるつゞいたわ」

メグ　「——」

間

あい　「ライハムシアターから彼の所に急に大きな演出の仕事が来て——それが
ヒットして一躍時の人」

メグ　「——」

あい　「アンソニー・ハミルトン」

メグ　「——」

あい　「アメリカン・ドリーム！」

メグ　「——」

間

あい　「夢をつかんだらそのまゝ出ていったわ」

メグ　「——」

間

あい　「今でも彼はスタジオで教えてるし、私も彼のレッスンに出るわ」

メグ　「——」

あい　「とってもやさしくて、面倒見の良い人。
治療のカウンセラーも紹介してくれたし」
あいのケイタイ鳴る。
あい　「ごめん。（とって）もし――Hello!
（パッと顔が輝く）Thank You!
I can't believe it!
Anthony I――
Of course!
Really! That's great Darling!
8p.m. OK! I will be at the bar.
Wait a sec. I will make a note.」
あい、バッグから書くものを急いで探す。
メグ、不意にあいからケイタイをひったくる。
メグ　（ケイタイに）「ミスター・アンソニー・ハミルトン？　アイアム、メグミ・タニムラ。――FUCK YOU!!」
あい、あわててケイタイをメグからうばう。

あい　「ヘロー！　――ヘロー!!」

切れている。

あい、メグを見る。

――。

あい、黙ってカバンを持ち、それからオンディーヌの衣装をソファの端に丁寧に置く。

あい　「さよなら」

あい、去る。

メグ。

間

――ソファに置かれたオンディーヌの衣装をそっと手に取る。

涙が込み上げて、一人静かに泣き出すメグ。

音楽――G線上のアリア、静かに入る。

9—3　二人共不合格のケース

メグの電話鳴る。

メグ　（とびついてとる）「――ハイ。――ハイ。――判りました」
切る。
あいも電話を切っている。
間

あい　「予想通りだったね」
メグ　「――うん」
あい　「やっぱりあの娘が受かったンだ」
メグ　「――」
間

メグ　「今頃高村ってあの娘の所は、狂ったみたいに盛上ってるンだろうね」

あい　「――でしょうね」

間

メグ　「飲む？」

間

あい　「うん。じゃ最後の一杯」

二人。

一寸グラスをあげて飲む。

間

メグ　「12月、あんたニューヨークにいる？」

あい　「どうして？」

メグ　「行こうかな私。ニューヨークに」

あい　「――」

メグ　「こっちでオンディーヌの幕開ける時に、私東京にいたくないもの」

間

あい　「私はいるわよ。東京に」

メグ　「――」（見る）

あい　「私はあの娘のオンディーヌ、この目ではっきり見ときたいもの」

間

メグ　「強いわねあんた」

あい　「強くなんかないわ」

メグ　「――――」

あい　「10年前の私の姿を――――。

10年前だったら私が彼女に、勝てたかどうかを客観的に、この目でしっかり見ときたいから」

長い間

メグ　「泊めてあげたいけどその頃多分、このうちにあんたを泊められないよ」

あい　「――――」

メグ　「多分その頃、家具も何も一切、私のものじゃなくなってるから」

あい。

間

メグ、急にケイタイのボタンを押す。

メグ　「私。

――（一寸笑う）落ちたわ。

――うン。そう。

――いゝわよ、気なんか遣ってくれなくても。

それよかパーティー、映画祭の。

出るわ私。――本当よ。すぐ支度してタクシーで行く。

――判ってる。――大丈夫。

30分前には着けると思う。じゃあ」

切る。

あい「プレゼンテーター、やるつもりなの？」

メグ「うん。やる」

メグ、隣室へ。

あい「あんた、あの娘に、変な態度とっちゃだめよ」

メグ（笑って、隣室から）「そんな、カッコ悪いことしないわよ私」

あい「――」

メグ「でももしかしたら、涙出ちゃうかもしれないけど」

あい「涙は出しちゃダメ！

絶対にダメ！」

間

メグ　「そのつもり」

間

あい、バッグから小さな封筒を出し、机に置く。

あい　「こゝに封筒、置いとくからね」

メグ　「封筒って」

あい　「さっきあなたの化粧箱から、12万円抜きとったの」

メグ　「――」

間

あい　「でも、5万だけはいたゞいとくわよ」

メグ　「――」

あい　「おぼえてるかどうか知らないけど、昔あんたに5万円、貸したまゝ返してもらってないから」

メグ　「――」

あい、部屋を出る。

音楽——G線上のアリア、静かに入る。

10 記憶

舞台は空舞台に転換する。

養成所入所時の歓迎パーティー。

若き日のあいが飛び出す。

あい 「17期生久米島愛。17才です。一昨日大阪の富田林から出てきました。将来の夢は――。舞台で真田広之さんと共演することです。映画でもコマーシャルでもかまいません。そうして大阪にいるおばあちゃんにこういう――何て云うの――こういうものを買ってあげることです。それから舞台でやりたい役は――ジャン・ジロドゥのオンディーヌです。私、絶対将来やります！　セリフもおぼえました。云います！

〝助けて！〟

以上です」

笑いと拍手。

若き日のメグが飛び出す。

メグ　「17期生谷村めぐみ17才です。出身は岩手県西和賀郡湯田村字熊牛原野番外地です。この道を選んだ動機はミス・ささにしきに選ばれたからです。ミスに選ばれて初めて私、人のよろこぶ顔を見ました。人をよろこばせたいと思いました。よろこんだ顔は明るくなって、明るい顔は逢った人に染って、その逢った人は又別の人に染って、その別の人はべつの人に染して、明るい顔がどんどんどんどん日本全部に拡がってってって――（つゞく）」

音楽――ゆっくり盛上がって。

――幕――

（2010年11月）

作品界隈――

富良野ＧＲＯＵＰ　松木直俊

1935年・昭和10年1月1日。東京代々木で、倉本聰は産声を上げた。本名、山谷馨(かおる)。実際は前日の昭和9年の大つごもり生まれであるが、「数え」で年齢を重ねる当時では誕生2日目で2歳ということになり、学力が伴わないことを心配した両親が、元日生まれと届け出た。

父は、科学・医療・自然関係の書籍を出版する「日新書院」を経営する文化人で、水原秋櫻子門下で、「山谷春潮」という俳号を持ち、「野鳥」を題材に句を詠む俳人。「野鳥歳時記」という著書を持つ。柔道の有段者。母は、優しい京女のたおやめ。

この両親は熱心なクリスチャンであり、3男2女の子どもたちがまだ小さなときは一家で唄う讃美歌のハーモニーが家中に溢れていたという。音楽のリズムやテンポ、特に調和のとれた和声に耳聰(みみさと)い倉本聰の感性は、この両親に育てられたからであろう。もっとも父親は、いつも少し音程を外していたそうな。倉本をはじめ、兄弟姉妹や祖父母までが当たり前に揃っている家族が多いこの世代の人は「和音」に強いと感じる。その家族だけで合唱が出来るすべてのパートが揃うからであろうか。讃美歌に限らず、この時期の日本の歌、特に童謡・唱歌は今聴いても粒ぞろいだと感じる。メロディラインの美しさもさることながら、それが和声で歌われた時の宝石のような美しさ。倉本作品の、特に演出も兼ねた演劇作品で感じられる、台詞の掛け合いの耳当たりの良さと、シーン全体で奏でられる調和の原点は、あの時代の家族で歌う「ハーモニー」にあるような気がする。

後の麻布学園時代には音楽部で活躍し、中でも「ハーモニカ」は絶品の腕前。

遡って馨少年は、文字を読むことを覚えた幼いころから、宮沢賢治を音読することを父からすすめられる。韻を踏んだり、リズムとテンポが根っこから鍛えられる。同時に、賢治の持つ、自然との共生心、そして地球規模の大きな博愛の精神もきっと知らず知らずに身に付けて行ったに違いない。

宮沢賢治に関しては、作品自体に様々に影響を受けたことの他に、幼少時に観た劇映画作品「風の又三郎」（1940年日活映画）に感動したと述懐する。特に、又三郎がガラスのマントをまとい、空に駆け昇るシーンは衝撃的ですらあったと。私見になるが精細な合成が可能なＣＧ（コンピュータグラフィックス）を見慣れてしまった今の目で見ると、それは未熟なトクサツかも知れないが、作り手が心配する以上に、実は観客である当時の少年少女は、そうした映像の足りない部分を、「想像力」で補完していったのではないだろうか。モノクロ映画に色を感じさせようと、普通に撮ればグレーに映るバラを、画面上で真紅に感じさせるべく色を塗って漆黒にしたという話は有名だが、表現しきれない部分を観客の「想像力」に委ねる工夫は、撮影技術がまだ開発途上にあった当時の映画界において、様々に施されていたようだ。倉本世代の観客たちは白黒のスクリーンを、想像力によって色付き総天然色で感じていると言ったら少しオーバーだろうか？　しかし昭和20年代、街頭テレビの小さなブラウン管に映った「力道山」の試合に、まるでリングサイドで声援を送るかのような群衆たちの熱狂ぶりを見ていると、「想像力」による補完力は、あながちオーバーではないだろう。

戦時中の疎開体験。中でも、岡山の山里の「廃屋」に家族で暮らした経験は、長じてドラマ「北の国から」に結びつく。東京から来た少年が、田舎暮らしに戸惑いながらも、父親の自然人としての逞しさに感動する。ここでも「想像力」が、窮乏の戦時下の不便な暮らしにおいてさえ、毎日を心豊かに彩り、自然にも人にも「感動」をいくつも重ねたと聞く。舞台「屋根」のキーワードである「縄を綯う」ことも、馨少年は疎開先で現地の人から教わった。それまで出来合いの縄しか見たことがなかったであろう都会生まれの少年の目の前で、藁（わら）や古布が縒（よ）り合されて丈夫な縄になる作業は、まるで魔法を見るかのように馨少年の瞳に映ったと云う。こうした、生活の一つ一つに本物の「感動」が縒り合わされていった。

小学校・中学校時代の「作文」が残っているが、俳人の父親の影響か、すでにかなりのレベルの「随筆家」である。中学高校とともにかく「書くことがやっぱり好きでした」（「倉本聰 ドラマ人生」）という倉本少年が、麻布中学の時に書いた小説の処女作「流れ星」の一部を紹介する。視覚的な文章表現が、まるで映像作品を見ているように感じさせる、自身の学童疎開経験をベースにした力作である。その冒頭部――。

麻布学園生徒会・言論部刊行　「言論」第二号　昭和25年7月19日発行

流れ星　伊吹仙之助

どこか非常に遠い所で汽車の汽笛が聞える。「どこだろう。」三平はぐるっとあたりを見まわした。黄色いもやが一面にはってそのずーと向うの方に何か眞赤にもえているものがある。チロ〳〵とまるでかゞり火みたいだ。「きれいだな。」と三平は思った。けれどまだ鳴りつゞける悲鳴のような汽笛が、彼の心をドキドキさせた。

赤い火――。汽笛――。それはどん〳〵近づいて来た。眞赤な大怪物、あゝ、それは炎に包まれた汽車だった。そして彼の目の前にあるその車窓の中に、彼のお父さんとお母さんが、そして兄さんが、眞赤に炎で照らされながらげら〳〵と笑っていた。汽車全体を包んだ大きな炎全部を包んでしまう程大きい口で……。

「なぜ逃げないんだろう。あんなに火に包まれているのに。」三平はやっきになって思った。しかし彼は自分の体を動かそうとしなかった。いや動こうと思っても動けなかった。

汽車は炎に包まれたまゝ、遥かな暗闇の中に、やがて一点の玉となって消えていった。しかし彼の目には父と母と兄の顔が焼きついたようにはなれなかった。遠く断末魔のようなあの汽笛が聞える度に、三平の頭の中の彼等の顔は、ギクリと動き、顔色がにわかに眞青になったり、又赤くなったり、……、そして、いつかそれらがくる〳〵輪になってまわりながらだん〳〵速くなって、ついには一筋の眞赤な炎の輪となって空高く飛び去ってしまった。

そして三平は、気がついた時、汗と泪で顔中ぐっしょりにぬらして床の上に横たわっていた。気がつくと彼のまわりには、幾十のやすらかないびきが、さっきの夢のつゞきのように静かにひゞいていた。

その時以来、彼の眼には、何かのひょうしに、ふっと赤い輪が表れてくるのだった。まぼろしの様で又現実の様な光だった。そしてそれは、彼の心に何かしらゾッと悪寒を味わゝして行くのが常だった。

「伊吹仙之助」は、倉本が当時使っていたペンネーム。敬愛する劇作家、イプセンから。登場人物である「柿沼三平」という名前は、倉本にとって特別な思い入れがあるようだ。後年、「流れ星」をモデルにしたドラマ「失われた時の流れを」（90年フジテレビ）にももちろん登場する他、他の作品でも活躍している。

倉本が、映像作品、つまり脚本家を志した原点には、戦後復興期に、良質の映画を浴びるように観て感動を重ねたことが大きいようだ。戦後の日本には、それまで敵国だった国々から良質の映画が、怒濤のように流れ込んだ。今見ても優れた作品が集中し、感受性豊かな少年期から青年期にかけて、倉本はこれら世界の名作を浴びるように観て回る。お気に入りの「第三の男」などは、ビデオのない時代ゆえ、二番館三番館どころか、十数館追いかけて観続け感動を更に深める。日本映画界もそれ迄の軍国主義の戦意高揚映画の呪縛から解き放たれて、弾けたように深みのある良作が生み出され始める。

いつか「物書き」になりたいと漠然と憧れていた馨少年の心の中に、これらの作品たちから受けた心揺さぶる「感動」が、山のように積み重さねられた。倉本作品に溢れる感動の大きさ高さの原点は、若い頃の「吸収期」に、こうしたたくさんの本物の「感動」と触れ合ったことが大きい。いつの日か、こんな心を洗うようなキレイな映画の脚本を、自分の手で書けたら――。

戯曲＝演劇に関して言うと、高校時代から演劇青年だった倉本。その海抜零は、やはり加藤道夫氏への憧憬に尽きる。戯曲集第3巻「ニングル」「マロース」の「界隈」でもその周辺界隈をたっぷり扱ったが、劇作家・倉本聰の原点なので、別資料からもう一度紹介する。

倉本の自伝的エッセイ「いつも音楽があった」から「この太陽」の章より。

僕がこの道に入ったのは、加藤道夫先生の影響であります。

先生。――といってもお逢いしたわけではありません。只ひたすらに一方的に恋焦がれそうして師と決めていた。

「なよたけ」「挿話（エピソード）」「襤褸（ぼろ）と宝石」「思い出を売る男」ｅｔｃ

あれらの戯曲と出逢ったことが中学から高校への小生の気持ちを一気呵成（かせい）に芝居に向

わせ、先生の云われる「舞台幻想」という言葉の魔力が僕をとりこにし、そうして更にジロドゥ、アヌイと先生の紹介される劇作家たちに瞠目(どうもく)し、とにかく僕の心の中では加藤道夫はどんどんふくれ上り、いつかもう少し大きくなったら逢いに行くのだ逢ってもらうのだと心底心の拠り所にしていた。

加藤道夫は神様だった。

2年間の浪人生活の後、東大文学部に合格した倉本は、後に東映映画で倉本の脚本作で監督デビューをすることになる中島貞夫氏と巡り合い、意気投合し親友となる。東大の駒場祭で、1年目倉本がオリジナル戯曲を書き演出し、中島が舞台監督を務め、2年目はその逆の役割で舞台作品をお互い上演し合った。倉本のオリジナル戯曲「雲の涯(はて)」は、1955年11月19日(土)午後4時半より上演される。作品は、現在倉本が執筆中のドラマ「やすらぎの刻〜道」と同じ山梨県の、とある山宿が舞台。その冒頭部、状況説明のト書きを掲載する。

戯曲「雲の涯」

山谷　馨　１９５５　東大駒場祭上演台本

第一幕

山はあまりにも深い。自然はあまりにも強烈だ。

そこに生きる人々は、その全ての生命を、それらの自然に託さねばならぬ。

従って――――

ある日山が騒ぎ出すと、人々は全て心をかき乱され、ある日山が喜べば、人々は希望に溢れ、又ある日山が悲しめば、人々の心も当然沈まねばならぬ。

一九五二年
山梨県Ｍ鉱泉。

下手（しもて）には南ア連峰の黒い山波が、物の怪のように群れ連り、初夏のこの山村の夕刻に、山霧のような不安をまきちらしている。

宿は黒ずんだ大黒柱を支えに、相当年のいった結構立派ないろりばた。正面を左から右へ階段が二階へ通じ、上手（かみて）にはふすまごしのもう一間がうかゞえる。正面の壁の下手寄りには、大きな蔀の窓がきってある。

天井から下った古風なランプ。
六月中旬。夕刻。

台詞部分に、〈間〉〈長い間〉などが多用され、倉本脚本を知るものが読むと既視感に嬉しくなる。主要登場人物に、一人息子「柿沼三平」を山で亡くした父。こちらの名前も同じく――。

「流れ星」も「雲の涯」も、いつか全文を紹介する機会があれば、と願う。

倉本はその後、中島ら美学科の演劇青年達と「ギリシャ悲劇研究会」を立ち上げる。しかし、旗揚げ公演「オイディプス王」の上演台本に手をつけるも、途中降板。58年6月の日比谷野外音楽堂で行われた旗揚げ公演を倉本は客席から見つめ、友人たちが成し遂げたその仕上がりに圧倒されたという。倉本の舞台「マロース」や「ノクターン」を観ていると、その原点にこうしたギリシャ悲劇や神話劇を想起させられる。

こうした、学友たちとの演劇活動の他に、加藤道夫に私淑した倉本青年は、加藤氏の志を継ぐ若者たちが立ち上げた「劇団四季」への所属を希望する。しかし願いかなわず、入団テストは不合格。代わりに俳優座のスタジオ劇団、「劇団仲間」の文芸部に所属する。倉本はここで、運命的に二人の人物に巡り合う。

一人は、劇団仲間の主宰者で演出家の中村俊一氏。倉本は文芸部の仕事をする傍ら、稽古場で行われる中村氏の演出術・舞台表現術をつぶさに見守る。中村氏の舞台演出の持ち味である、場面転換の妙。例えば、紗幕を使った表現がある。レースのような薄手の幕を紗幕というが、舞台を仕切る幕として降ろして、照明効果で紗幕の前と奥で表現を変えられる。例えば、舞台奥に室内のセットを置き、その前に家の外観を直接描いた紗幕を垂らす。最初、紗前のみ照明を当てると、舞台には家の外観が立つ。手前の明かりを消し、交差する形で紗奥に照明を当てると、舞台上では外観が消え、その室内が浮かび上がるという寸法。作品の開幕などでよく使われる手法であるが、中村氏はそれを絶妙に、様々な天才的アイディアを取り入れながら、舞台転換や演出効果に使ったそうである。倉本はその「中村マジック」を引き継ぎ、富良野塾&富良野GROUPでの様々な挑戦と試行錯誤の末、「倉本マジック」、いや「倉本ミラクル」を舞台上に現出させたのである。

若き倉本が劇団仲間で運命的に巡り合った、もう一人の人物——女優の平木久子さん。のちの倉本夫人である「チャコさん」その人である。

劇団仲間時代の倉本青年の歩みを、著作から見つめる。「愚者の旅」より。

当時「仲間」の事務所兼稽古場は、芝仲門前の生井武男さんの実家を借り受けてあり、奥の倉庫が稽古場になっていた。

倉庫に至る廊下の右手にいくつかの部屋が並んでいて、その中の一室が経営部の部屋、その次のこたつのある四畳半をあてがわれて、そこで機関紙、チラシ、パンフレットの編集をするのが僕に与えられた仕事だった。月三千円から五千円位の小遣いを一応もらっていたのではなかったか。そんなものでは無論生活は出来なかったから、家庭教師のかけ持ちをし、更に図々しく育英会の奨学金を受けた。（中略）事実「仲間」の四年間は、毎日がそれこそ目から鱗の、瞠目充足の四年間だった。

与えられた編集の仕事をサッとあげ、一日の大半を奥の稽古場の隅っこの小さなベンチで過ごした。俊ちゃんの演出を隅から見つめ、あらゆることを、空気を吸収した。時には俊ちゃんの愛した煙草「ひかり」を買いに町へ走り、出前の食事を受け取りに走り、そうして芝居を役者が起(た)てて行く脚本の実際を、演技を、役者の演技する心理を、そして演出を徹底的に学んだ。まさにそれは僕の人生でのかけがえのない吸収の時だった。

劇団仲間に所属して、大学４年生の秋、倉本はある仕事を引き受ける。ラジオドラマの脚本を書いてくれ、というオファー。夢にまで見た脚本家という仕事に、若き倉本は**「天にも昇る心地だった」**（「愚者の旅」）。劇団仲間が東北各県を巡回公演中の「馬蘭花（まあらんほあ）物語」という作品が、秋田公演で立ち寄った際、現地のＲＴＢラジオ東北（現・ＡＢＳ秋田放送）の開局５周年特別番組で録音・制作された「放送劇」である。タイトルは「邑（むら）の火」（原題「鹿火（カビ）」）——倉本聰、脚本家人生最初の作品は、１９５８年・昭和33年10月14日午後４時から30分間にわたって、秋田の夕空の電波に乗った。放送から、丁度60年を迎える２０１８年の今年、当時のテープや関連資料がないか秋田放送に問い合わせたところ、さすがにテープなどは残されていなかったが、放送当時の録音風景の写真や、番組の制作の様子を紹介する会報誌を探し当てて下さった。現在の富良野ＧＲＯＵＰの役者は、ラジオドラマ収録の経験もあり、脚本自体は残っている（倉本直筆の生原稿まであり！）ので、ここはぜひ、60周年記念に富良野ＧＲＯＵＰによる公開生ラジオドラマ収録などの企画が出来ればという夢を持っている。なお、この「邑の火」は、本名の山谷馨名義で書かれている。倉本、23歳の時の脚本家デビュー作である。

翌年1959年、卒業を間近に控えた24歳の時には、毎日放送でラジオドラマ「この太陽」を執筆。母が若きとき胸ときめかした原作の脚色である。

「倉本聰」のペンネームは、この作品から使い始めた。

（1959年1月22日〜2月10日、全20話）

テレビドラマの制作現場を志し、就職活動するも、願い叶わず、最後に一縷（いちる）の望みを新進の「フジテレビ」にかけた倉本だったが、関連会社3社合同で行われた入社試験の結果、合格はしたものの配属はラジオ局の「ニッポン放送」。希望したテレビではなく、落ち目のラジオ局……「挫折」とも云えるこの職場は、しかし実は倉本の性にとても合っていた。完全な職人の世界。その中で「音」だけで伝えること。倉本は、後にラジオこそ高度な映像表現だと述べる。倉本は、このラジオの世界で様々に学び、力をつけ、表現することの本質をつかんだのではないだろうか。

この頃のエピソードは、「愚者の旅」などの自伝的エッセイに詳しいので、そちらを読まれることをお勧めする。

戯曲集的に、劇作家として大事だと思われる事柄だけを、いくつか紹介する。

現在の倉本の表現術を知る者として、音の世界の無限の可能性をその身に叩き込んだこのニッポン放送時代の体験で有名なのは、寺山修司氏とのコラボによる、「ドキュメントドラマ」があげられる。寺山氏が、のちに結婚することになる九條映子さんと共にリアルな恋人の一日を追った、いや追われたドキュメント風ドラマは、作り物では描き切れない恋人たちのリアルな心情まで表現した作品となった。タイトル「いつも裏口で歌った」１９６１年3月21日ニッポン放送。倉本は制作担当として現場を走り回る。

倉本は後年、リアルなドキュメント性を、脚本創りにも、そして特に舞台演出、役者の演技に強く求める。役者は、その舞台の世界で現実に「生きて」いれば、役柄も、表情も、呼吸も、台詞回しも、すべてが演技ではなく、自然発生するはずだと。作り物のドラマだからこそ、ドキュメンタリー（実録・記録）を意識して創り込む。その教えの原点の一つが、このラジオドラマにあると感じる。

ラジオドラマは、音だけで表現できるということを武器に、即時性の高いドラマを作ることが可能である。倉本が演出を担当した野上達雄氏・脚本の「永仁のつぼ異聞」は、鎌倉時代の作として重要文化財に指定された「永仁のつぼ」が、実は現役の人間国宝の陶芸家が作った贋作であることが判明した実際の事件に基づく。その報道があったのは1960年9月25日。そのラジオドラマが放送されたのが、同年11月25日。わずか2か月後に1本のドラマが完成し放送されたのである。映像化に準備や手配に時間のかかるテレビや映画では、到底叶わない〝タイムリー〟な芸当である。

実際のラジオドラマ「永仁のつぼ異聞」を聴くと、偽物扱いされ上野の町を飲んだくれる擬人化された「永仁のつぼ」の姿が、麻布学園の先輩である小沢昭一氏の軽妙絶妙な語り口で表現され、さらに彼を含め「国宝」たちが彼ら彼女らとして寄り合うシーンの面白さは格別である。これらを実写で見せても、あそこまでの面白さは到底生まれない。国宝たちが「あゝだ」「こうだ」好き勝手に言い合う姿を、聞き手に「想像」させることによって生まれる面白さ。演出の倉本の狙いもそこにあろう。

即時性という点では、倉本は「時事ネタ」を、舞台作品によく放り込む。その日の話題もアリである。例えば近作「走る」では、ランナーの一人に自衛官を走らせ、当時の話題である「駆けつけ警護」という言葉が飛び交うと、舞台が現実とリンクし、より近接感が出る。

倉本は、同じ舞台作品を何年かにわたって繰り返し上演することがあるが、その都度、その時々の「時代」そのものを「作品」にぶつけることによって巻き起こるケミストリー＝「化学変化」「化学反応」を大切にする。

常に「今」を描く作家である。

倉本がニッポン放送時代に、上司から叩きこまれたことに、「企画書」を書くこと、がある。この上司は、倉本をして「本当に尊敬する兄貴分」（「倉本聰 ドラマ人生」）とまで云わせた、羽佐間重彰さん。のちにフジサンケイグループの代表まで務める人物。企画書を書ける。それはつまりオリジナリティーで作品に挑めることになる。

倉本聰のテレビドラマの初期作品で大ヒットした「現代っ子」も、あの「北の国から」も、「前略おふくろ様」も、「君は海を見たか」も、観客や視聴者の心を震わす作品の多くが、「原作・倉本聰」なのである。

そうして築かれた倉本ワールドは、その出発点自体が作・倉本聰だから限りなく「深い」のである。押し付けられた仕事を、最高の形でこなすのもプロであるが、やはり、自身の企画を膨らませることが出来たら、「作家性」が最大限発揮できる。企画書は樹木で云うと、芯が通った深い「根っこ」ということになろう。

倉本は、脚本家人生の初期には「職人」＝「技術者」に徹していた。阿川弘之さん原作の「舷燈」など、倉本の脚色の腕が冴え渡る作品も多い。その確かな手腕を持つ技術者・倉本だからこそ「企画書」が書けるという「オリジナリティー」を強みに、より倉本ならではの個性的で深い良作が生まれていくことになる。
もちろん、富良野塾・富良野GROUPの舞台作品は、すべて倉本聰の「企画」が出発点にあるので、「強」くて「深」くて、そして「新しい」のである。
この、企画書を書くという力を、倉本はこのニッポン放送時代に身につけた。

そうして、たくさんの「力」を得たニッポン放送時代。「音」だけで表現する「力」は、元々耳聴い倉本の聴く力をさらに鋭敏化する。後にそれは、訪れた廃屋の中で先人が刻んだ様々な声を聴いたり、樹や動物や自然のインナーボイス（心の声）まで聴こえる、作家の耳となる。この聴い耳を持った倉本は、ニッポン放送時代に知り合った脚本家・安倍徹郎氏の口利きで、テレビの脚本を書き始める。しばらくは内職厳禁の社内規定に隠れて、小さく小さく。しかし、時代が呼んだのであろう、倉本の中で「テレビドラマ」の脚本のウエイトが大きく大きくなる。

こうしてテレビドラマで頭角を現し始めた倉本は、1963年・昭和38年春、ニッポン放送を辞め、「脚本家」として独立した。企画書を出したドラマ「現代っ子」が大ヒットし、映画化が決まった頃のこと。日活と契約して劇場版「現代っ子」が完成上映されたのが7月の28日。劇作家としてのプロの仕事、第1作である「地球光りなさい」の上演が6〜8月。「ラジオ」「テレビ」「映画」「演劇」、いわゆる「業界」のすべてのジャンルで、1963年、倉本聰の「プロ」の仕事がスタートした。

では、倉本の「脚本家」的生い立ちをここまでとし、劇作家・倉本聰のプロデビューである、劇団仲間の「地球光りなさい」を紹介する。細かいことであるが、95年のラジオドラマ以降、富良野塾公演までのタイトルの正式表記は「地球、光りなさい！」である。この「、」と「！」の変遷も考えつつ、半世紀に及ぶ倉本の作劇を見つめる——。

劇団仲間は昭和28年から「こどもの劇場」という、子どもを中心に家族揃って楽しめる作品群を次々に生み出し人気企画となる。その第14回、昭和38年6月上演の作品が、倉本聰・作「地球光りなさい」である。原作は、劇団仲間でも上演経験があるギュンター・ヴァイゼンボルンの「天使が二人天降る（あまくだる）」。それを子ども向けに翻案した作品である。公演全体の詳細は調べきれてはいないが、7月に横浜方面を回った後、8月4日から8日、世田谷区民会館、9日から11日、杉並公会堂、そして13日から26日まで、日比谷芸術座での上演である。この東京の公演は、主に朝の部が10時から、昼の部が1時半からの毎日2回公演。3幕8場。上演時間は2時間30分。なお、余談になるが、日比谷芸術座での公演。当時の公演記録を見ると、他の劇団の演劇作品が夜の部に上演されていて、セットの入れ替えなど、さぞかし大変だったろうと思われる。

公演パンフレットに掲載された「作者のことば」。そして、全体像が分かるように、「ものがたり」他を紹介する。そして最後に戯曲本体よりの抜粋も掲載。「ルビ」は、「こどもの劇場」向きに原文に付けられたままのもの。

倉本聰、28歳の時のことである。

劇団仲間「地球光りなさい」　作者のことば　倉本　聰

このドラマは、いつも我々がその上にのんびりと乗っかり、ともすればその有がたみを忘れがちな地球という星の存在、そしてその上に住んでいる我々地球人の小さな世界を、地球の外側、つまり宇宙から眺めて諷刺した、いわば現代のお伽話です。

実は、このドラマには原型があります。先年劇団仲間が上演した、ギュンター・ヴァイゼンボルンの「天使が二人天降る」です。この芝居は、作者の言葉によれば、「望遠鏡を逆さまにして、いつも見なれた風景を遠くに置いてみると、物事が、全く客観的な立場から観察できる」といった態度によって書かれた一種の諷刺喜劇でした。

今度、この作品を書くにあたり、僕はこの作者の創作態度とそこに置かれたいくつかの設定を、そのまゝ作品に持ちこんでみました。只、何分原型は大人向きの芝居であり、今度は子供の為の、それも、何年も続いてきた劇団仲間こどもの劇場という一つの路線の上に乗せなければならない作品ですから、僕は僕なりに原型にとらわれず、自分なりの新しいお伽話を創り上げたわけです。

■

このドラマに登場する二人の宇宙人、アラとマアは、地球より数千年進んだ星から来た生物です。何故地球に来たかと申しますと、一つの研究にやってきたのです。平和な宇宙の中に、今なお暗い星が一つあります。それは地球です。地球は、こゝ数年、醜い戦争や原水爆実験によって、沢山の濁った空気、放射能やストロンチュームを含む汚れた大気を、宇宙の中に放出しています。恐らくこれを放置したら、今に宇宙は死の灰に包まれ、宇宙の平和が乱されるでしょう。

星の科学者達は、対策を考えます。地球はどうして放射能を流すのか。戦争があるからです。では戦争はどうしてあるのか。それは人間がすぐ「怒る」からです。人間は怒ります。人間は感情を持った動物だからです。且つてはそれを人間の一大長所とし、他の動物との分類方法に用いていたこの感情という代物が、今や人間を、宇宙を、破壊の方向へと押しやっているのです。

■

あらゆる事柄を、わりきった理屈だけで解決できる星の人達には、この怒るということが判りません。もしかしたら人間は、おなかの中に怒る機械を持っているのかもしれない。そしてその原因をつきとめ、星の科学で「怒らない薬」を考え出してやれば、地球の人達ももう戦争を止め、宇宙の平和は守られるにちがいない。

しかし彼らは、人間感情の悪い面、「怒る」ことばかり気にしすぎて、「笑う」ことの方は忘れていました——。

■

この芝居では、子供にわかり易い二つの対極、怒ることと笑うこと。同じ人間だけのもつ特性でありながらこうも両極端にある二つの感情を提示して『人間が怒れば地球はどこまでも暗い星になる。しかし人間が笑えば地球はどの星よりも明るく輝くだろう』ということを究極のテーマとして描いたわけです。

■

これまで仲間がとりあげてきた、子供の芝居に比べて、これは相当に、荒唐無稽で、しかも少々むづかしいかもしれません。しかし本能的ヒューマニストたる現代っ子の観客達は多分何かを感じてくれると思います。

それが地球の危機であっても宇宙時代への夢であっても、僕はいっこうにかまわない、と思います。

ものがたり

星のふるような晩、ある山の中に、宇宙船が着陸しました。

中からでてきたのは、女の宇宙人アラとマアでした。2人は地球という星に、探検にやってきたのです。といいますのも、近ごろ、むやみにロケットをうちあげたり、死の灰をまきちらしたり、この乱暴な星の住民たちが、宇宙の平和を乱しているからです。その原因が、戦争…国と国との争いのせいらしいということは、うすうすわかっていました。しかし、アラとマアの星は、たいへんに文明が進んでいて、なぜ地球の上の人類が〝怒る〟のかわかりません。アラやマアたちは、怒るとか笑うとかいった〝感情〟をとっくの昔に忘れていたのです。アラとマアが着陸した山の中には、工事のための飯場がありました。ここには、怒りやすい人類の標本みたいな荒くれ男が住んでいました。さっそくアラとマアは、〝感情〟の勉強にとりかかります。飯場に住んでいたギールやラビオリという少年たちと、すぐに仲よしになりました。でも、〝感情〟を教えるなんてむづかしいことは、少年たちにも、荒くれ男にも、手に負えないことでした。こうして、ホトホト手をやいているとき…この国の総理大臣たちも、宇宙人の到着を知ります。警視総監みずから出迎えに行ったり、大さわぎ…わけても、武器製造会社の社長は、宇宙人の進んだ科学の力を悪用しようと、殺し屋のクルートをさしむけて、生どりにしようとさえします。マアやラビオリを牢屋に入れたり、ギールをだましうちにしてつかまえてしまう地球人のやり方をみて、ようやくアラやマアにも、〝怒る〟ということ、感情がどんなものか、わかってきました。ギールを救おうと、アラとマアの星に通信したとき、いつまでたってもロクなことをしない地球を爆破するために、ロケットが発射されたことを知りました。アラやマアは、ギールをその星につれて行こうとさそいます。しかし、自分ひとり生きのこりたくないギールは、きっぱりとその申し出をことわります。そうして、できれば自分たちの力で、地球を美しくして行きたいという希望を力強く語ります。アラとマアは、地球を去りました。地球が破壊される瞬間を、今か今かとまっているみんなの頭の上で、破壊ロケットはマアたちによって爆破され、ギールやラビオリに、地球を美しくするようによびかけながら、2人の宇宙人は、空のかなたに消えて行きました。

倉本はこの作品で、主題歌＆挿入歌の作詞もしている。作曲は日本を代表するメロディメーカーの、いずみたく氏！　公演パンフレットは楽譜付き。

星のうた

作詞／倉本　聰
作曲／いずみたく

さかずきをあげましょう
星に住む人のために

さかずきをあげましょう
空に住む人のために
暗いこの星を
けがれたこの星を
見守ってくれている
年老いた銀河系よ

では、劇団仲間「地球光りなさい」の戯曲本文から、ラストシーンを掲載する。挿入歌「線路工夫のうた」も、倉本聰作詞・いずみたく作曲によるもの。

（その時。どこからかかすかな金属音がきこえる）

ピッツァ　ナ、何だ、ありゃ？
ラビオリ　地球爆破ロケットかもしれないぞ？
モンメ　だって、地球がふっとぶのは明日じゃねえか、それがどうして……
ラザーニャ　予定が早くなったんだよ！
モンメ　ピッツア、頼むぜ、俺を一緒に連れてってくれ。一人で死ぬなァごめんだ。

ピッツァ　いいとも。この紐でしっかり縛るだ。

ラザーニヤ　ラビオリ！　ラビオリ！

ピッツァ　みんな固まるだ。離れるじゃねえぞ！

（巨大な光の塊が、いくつもの波になって押し寄せる。と、突然激しい衝撃音。光と音の渦、渦、渦。そして一瞬、闇。嵐が少しずつ静まる。闇の中に、かすかな通信音。蒼白い光が見えてくる。

マアの置いていった信号機だ。

舞台、少しずつ明るくなる。ひれ伏している一同。ふとギールが目覚め、その信号機の異変に気がつく。這っていってダイヤルをいじる。耳をつける。パッと喜びに顔を輝かして立上る）

ギール　（天へ）マアの声だ！——君の声がきこえる。マア！　僕の姿が見えるのかい⁉　マア！僕の姿が見えるのかい⁉　マア！

マアの声　とてもよく見えます、ギールさん。

ギール　今、ものすごいショックだったよ。——でも、僕らはまだ生きてるらしいよ？地球はまだ失くなっちゃいないのかい？

マア　破壊ロケットは、今、すれちがいざま爆破しました。

ギール　何だって!!?

マアの声　私たちの星からの命令です。地球爆破計画は中止になったのです。

ラビオリ　万才！

ピッツァ　俺たちは助かったんだ！

ラザーニヤ　よかったねえ！

マアの声　地球の危機はもう終りました。

ギール　――ありがとう、マア!!!

マアの声　お礼をいうなら、私にではなく、ラビオリに云って下さい。あなた方のところに置いてきた宇宙通信機を通して、あなた方の言葉は、全部私たちの星に聞えていたのです。

ギール　そいつはすごいや！

マアの声　今にきっと地球は、光り輝く明るい星になるという、ラビオリの言葉の正しさが認められたのです。だからロケットは爆破されたのです。

ピッツァ　聞いたか、ラザーニヤ！

ラザーニヤ　やっぱり大したもんだねえ、うちのラビオリは！
ラビオリ　よく覚えといてもらいたいね。
（一同やっと、笑うゆとりが出る）
マアの声　これからは地球もきっと平和でしょう。ギール、どうかあなたがたみんなの力で、地球をもっともっと光らせて下さい。
ギール　やるとも！
マアの声　ああ、今宇宙船は丁度月のそばを通るところです。地球はまだ暗いけど、少し光っています。
ギール　又やって来てくれるかい⁉
マアの声　必ず。
ギール　君と又、天の河のことや、銀河祭りの話がしたいなあ！
マアの声　スクリーンに映っているあなた方の姿が、段々ボンヤリして来ました。
ギール　これを廻しゃあいいのかい⁉
マアの声　ああ――モンメが見えます。
モンメ　へへエ。ひげそっときゃよかったなァ……
マアの声　ピッツァも、ラビオリも、ラザーニヤも……

ギール　みんな別れの挨拶がしたいンだ！

マアの声　ギール、最後にお願い。あなた方の歌を、私にもう一度聞かせて頂戴。

ギール　いいとも、線路工夫の歌だね。

モンメ　歌とくりゃぁ、お得意だ！

ピッツァ　やめれって！　お前の歌聞いたら、星の偉え人がまた怒らァ。

モンメ　何だと……もう一ぺんいってみろ。

ギール　モンメ！

ラビオリ　やめなよ、父ちゃん。

ラザーニヤ　痛いじゃないか、そう両方で引っぱっちゃ！

ラビオリ　見てごらん、ギール……大人が三人で電車ごっこやってらあ。

（モンメ、はじけたように笑い出す。ギールも笑う。ピッツァも、ラビオリも、ラザーニヤも肩を叩き合って笑う。三人を結んでいたヒモをほどく）

ピッツァ　歌だ歌だ！

モンメ　おいきた！

ラビオリ　はい、一、二、三！

一同　（歌う）

俺たちゃ鉄道線路の工夫
線路のことならまかしとけ
線路工夫が仕事を止めりゃ
超特急も走れない！
俺たちゃレールの王様だ

車は古いがおいらの城だよ
おいらの行くとこどこまでも
線路工夫が仕事にかかりゃ
山坂トンネルどんとこい
俺たちゃレールの王様だ

ギール　マア……聞いたかい、僕たちの歌！……マア……おかしいな……聞こえるかい、マア……（ダイヤルをまわす）どうしたんだろう……答えてくれ、マア……

マアの声　（やや遠く）きれいだわ、地球が光ってるの、あなた方が小さく、とても小さくなったわ。どうしてそんな顔をしてるの……悲しいことでもありましたか？

ギール　違うんだ。嬉しいんだよ、マア。

マアの声　笑って下さい。みんな笑って下さい。私たちも笑っています。さあ笑って下さい。

（一同、直立不動で厳粛な様子で、顔だけは精一杯笑っている。天体の音楽が聞えてくる）

マアの声　（段々小さく）さようならぁ。

ギール　さようなら。

マアの声　さようならぁ。

ギール　さようなら。

（いつまでも立ちつくす一同。いつか満天の星空――そして舞台一杯の音楽）

――幕――

この劇団仲間の「地球光りなさい」公演は、第11回東京都児童演劇コンクールで優秀賞を受賞。その後、８年後の１９７１年・昭和46年７月～９月に全国各地を全87公演。翌１９７２年・昭和47年２月～６月に全55公演のツアー公演を行う。なおその際、演出の中村俊一氏が「改編」を加えての上演である。

次に倉本自身がこの作品に手を入れたのが、ラジオドラマにおいてである。初演から32年目の改稿。子ども向けの作品から大人のドラマに大改稿。

１９９５年12月31日19時～21時30分　ニッポン放送。

倉本聰　大晦日　ラジオドラマスペシャル　「地球、光りなさい！」

脚本・演出　倉本　聰　共同脚本　吉田　紀子

原作　ギュンター・ヴァイゼンボルン「天使が二人天降る」

音楽　森山　良子　倉田　信雄

出演：μ（ミュー）：薬師丸ひろ子　ブルース：玉置浩二　φ（フィー）：緑魔子

イカクチョ：梨本謙次郎　コピイ：納谷真大　エクボ：香川佳子

ラジオドラマから、シーン2つ。まずは全93ページの本文の65〜70から。

ラジオAN（突然）「臨時ニュースを申し上げます」
イカクチョ「しッ！」
AN「臨時ニュースを申し上げます。
　グリニッジ天文台が日本時間午後5時発表したところによると、地球をとりまく銀河系にある種の異常が見られます」
コピィ「何だ」
ブルース「しッ！」
AN「現在国際気象機構が緊急会議に入っており間もなく声明が出される模様です。皆さんラジオをこのまゝつけておいて下さい。番組を中断し音楽放送に切換えます。繰り返します」
イカクチョ「どういうことだ」
コピィ「どういうことだ」
ブルース「一体何が起きたンだ」
エクボ「地球の最後が近づいたのよ」

一同　「エ？（へ？）」

間

ブルース「どういうことだ」
エクボ「φにきいて！」
φ　「ソウ。……デハミナサンニ真実ヲオ話シシマショウ、アナタタチノ地球ハ近年ソノ公害ヲ、地球内に留マラズ宇宙全体ニマキチラシ出シテイマス。
コノコトヲ重大視シタ宇宙ノ母タチハ、コレマデ何度モ地球各国ニ、状態ノ改善ヲ申入レマシタ、シカシソノコトゴトクガ見事ニ無視サレ、アル国々ニハ我々ニ対スル敵対行動マデトラレテシマイマシタ。
結局母タチハコレ以上地球ガ宇宙ノ平和ト環境ヲ乱サヌヨウ、地球ヲ有害ナル星ト認定シ、地球ヲ凍結スルコトニ決メマシタ」
コピィ「凍結？」
ブルース「凍らすってことだ」
φ　「私タチハ太陽系ニオケル地球ノ軌道ヲ修正シ、地球ヲ暗黒へ導クコトニシマシタ」

心臓の鼓動音、ドンドンと侵入する。

φ　「ソノ修正ハ間モナク始マリマス。今夜カラコノ星ハ太陽系ヲハナレ、銀河ノ暗黒ヘトトブコトニナリマス」

ブルース（笑って）「ちょ一寸待ってくれ！」

イカクチョ（笑う）「そんな！　ムチャなこといきなり云われたって」

φ　「ラジオニ私タチノ電波ヲ入レマショウ」

突然、カウントダウンの音侵入する。

AN　「11，10，9，8，7，6，5，4，3，2，1，残リ4時間ニナリマシタ。後1時間デ、最終ノ秒読ミニ入リマス、58，57，56，55，（つづく）」

φ　「コレハ地球ノ軌道修正ノ為ニ、宇宙デ行ッテイルカウントダウンデス。ノコリ時間ハ４時間を切リマシタ。私タチモ間モナクコノ地球ヲ去ラネバナリマセン」

M……低くはいる。B・G

φ　「扨、私タチノココヘ来タ目的ハ、地球ヲココマデ悪クシタ原因、地球ノ男性ノサンプルヲ一ツ、私タチノ星ヘ持チ帰ルコトデス。ココニイル三人ノ男性ノ中デ、私タチノ星ヘ来タイ人ガイマスカ？」

間

φ　「イカクチョ、……アナタドウデス」

イカクチョ「ダ、駄目だ！　オレすぐ船酔いするから」

φ　「コピィ、アナタハ」

コピィ「ア、ア、アあたしも！　第一あたし語学に弱いから」

φ　「ソウデスカ。デハブルース」

ブルース「いや、オレは」

φ　「実ハ私タチハエクボニタノンデ、三人ノウチ一人ヲ選ンデモライマシタ。

エクボハアナタヲ選ビマシタ」

ブルース「ま、待ってくれ！　そんな！　急にそんなこと云われたって」

φ　「ブルース。アナタハ行ク気ガアリマスネ」

ブルース「何を！　冗談！　オレは」

φ　「アナタノテレパシーガ私ノ心ニ、正直ナ気持ヲ今叫ンデル。

アナタハ助カリタイ！　何トカ助カリタイ！　私タチノ星へ生キテ、

行キタイ！」

ブルース「ウソだ！　待ってくれ！　そんな！　エクボ！　お前は何てこと云った

んだ！　どうしてオレをそんなところへ！　オレは行きたくない！　うそじゃない！　一人だけ逃げるなんてオレはそんなこと」

エクボ（叫ぶ）「そんなこと云わないで！」

間
エクボ「私はあなたに生きてて欲しいの！　只それだけなの！

生きてて欲しいの！」

間
エクボ「円盤にのって！

早く！　μたちと！」

走り去る。

ブルース「エクボ！」

M……盛り上がって、終わる
完成台本、81ページから93ページまでのラストシーン。
○　道

歩くμとブルース。

μ　（歩きつつ）「ブルース私ネ、コノ旅ガ愉シミデス！　色ンナ実験ヲ私シタイデス！　感情ノコト、コイスルコト勉強スルコトヤマホドアルワ！　アアソウ！　アナタニネ、キキタイコトアッタノ、……カンドウ、アナタコノコトバ知ッテマス？」

ブルース「知ってるよ」

μ　「本当ニ?!　アナタカンドウシタコトアリマス？」

ブルース「あるよ、年中ね」

μ　「年中!!　本当ニ?!　イチバン最近ハイツナサイマシタ」

ブルース「ついさっきだよ」

μ　「ツイサッキ。ドウヤッテ。何ノコトニ」

ブルース「……」

μ　「キカセテ下サイ！　ブルース！　キカセテ！」

歩く。

ブルース「エクボにね」

μ　「エクボニー」

ブルース「それとイカクチョとコピイ」
μ「ツマリココニイルミンナニデスネ」
ブルース「そうだよ。みんなにだ。あいつら三人、一人々々がとった行動がオレをたまらなく感動さしたよ」
μ「ブルース、判リヤスクキカセテ」
ブルース「いゝか、あいつらはもうじき死ぬんだ。そのことをあいつらは覚悟してるンだ。しかも君らみたいに理性だけじゃない、感情をもった動物なンだ彼らは。感情を持った動物にとっては死ぬってことは最高に恐いンだ」
μ「ブルースモットユックリ」
ブルース「（かまわず）最高に恐いのにそれを抑えて、オレという友達。オレというどうしようもないエゴな仲間を命を捨てて救おうとしてくれてる。しかも笑ってだ。え？　笑ってだぜ」
μ「ブルース、ユックリシャベッテ下サイ」
ブルース「そればかりかあいつは落込むオレを落込むンじゃないと笑顔で励まし、……そんなことを……そんなことをこういう時平然と……」
間

μ　「ブルース？」
ブルース「……」
μ　「ドウシマシタ」
ブルース「……」
μ　「私判ラナイ。ソレト感動ハ」
ブルース「μ」
μ　「……」
ブルース「オレは行かない。オレは行けない」
μ　「……ブルース！」
ブルース「かんべんしてくれ!!　あいつらを置いてオレは行けない！」
μ　「ブルース……アナタノ目カラモ水ガデテイマス！」
ブルース「許してくれμ、オレは……そりゃあ地球は、人類は最悪だ。けど俺もその中の一人なんだ」
μ　「ブルース？」
ブルース「これまでオレはずっと思ってた。悪いのは政治家だ。悪いのは科学者だ。悪いのは実業家だ。あいつらが地球をめちゃくちゃにしてる！　でも今おれはおれ自身がまさに、そのどうしようもない人類の一人で、地球の滅亡に責任があるンだと」

μ　「ブルース落着イテ。落着イテ下サイ」

ブルース「μ、オレは行かない。地球に残る」

μ　「ドウシテ！」

ブルース「判って欲しい」

μ　「何故デス！」

ブルース「判って欲しい」

μ　「ブルース私感情判リカケテイマス。アナタヲ好キニナリカケテイマス！」

ブルース「μ」

MSE　鼓動音ドクドク

μ　「アナタガ好キデス！　キットソウデス！　全面密着シテミテ下サイ！　私ノ胸ガドンドン鳴ッテマス！」

ブルース「μ！」

μ　「ドウシテ判ッテモラエナイノデショウ。私モウ感情モチカケテイマス。私ガイレバアナタハ大丈夫デス。宇宙ノ母タチニモ説明シマス」

φ（オフ）「出発ノ時間デス！」
μ「φ、待ッテ！　ブルースガ急ニココニ残ルッテ」
φ「最後ノ秒読ミガ始マッテイマス！　コレ以上、待ツノハ危険デス！　μソノ人ヲ置イテ宇宙船ニノリナサイ！」
μ「待ッテ！」
φ「コレハ命令デス！　μノッテ！」
ブルース「のるんだμ！」
μ「ブルース!!」
φ「サ、乗ッテ！」
μ「ブルース！」
φ「扉ヲ閉メマス!!」
μ「ブルース!!」
ブルース（小さく）「μ」

M……宇宙船出発。

それにカウントダウンの音が混る。

AN「6，5，4，3，2，1，残り1時間になりました」

M……圧倒的に盛上がって終る。

○飯場付近

風の音。

イカクチョ「もう目を開けて大丈夫か」
エクボ「大丈夫よ」
イカクチョ「すげえ光だったな。目がどうかなるかと思ったぜ」

間

エクボ（ポツリ）「行っちゃったわね」

間

エクボ「さ、飲みましょ。後一時間で全部残りを飲み干さなくちゃ。ね」

ラジオをもってやってくるコピイ。

コピイ「すげえぞ下界は。パニックになってら」
ラジオの声「地球に異常の兆しが見えます！　明らかに何らかの異常の兆しです。打ちあげられている宇宙衛星に次々と狂いが生じ始めています！　何かが地球に起こりかけています！　落着いて下さい！　落着いてそのままラジオを切らないで下さい！　ラジオのスイッチは入れたまゝにしましょう」

（バックに局のノイズ　サブコンの扉開いている）

中央気象台の村木さん！　中央気象台の村木さん！　そちらで何か判りましたでしょうか。中央気象台の村木さん！　何か新しい情報がありましたら」

イカクチョ「ブルース！」

コピイ「ブルース！」

エクボ「どうしてあなた……のらなかったの?!」

イカクチョ「どうしてお前……」

ラジオの音が突然ガアガア鳴りカウントダウンの音が侵入する。

ＡＮ「……6，5，4，3，2，1，残り58分です。58，57，56，55」

突然その音がプツンと切れる。

あらゆる音が静寂に戻る。

イカクチョ（震えて）「何だ……」

コピイ（震えて）「来たのか。……いよいよ最後が」

間

彼方から突然φの声が入る。

φ「ブルース、キコエマスカ、ブルース」

ブルース「φ！」

φ「タッタ今コノ宇宙船ニ、宇宙ノ母タチカラ緊急指令ガ入リマシタ。宇宙ノ母タチハ、地球人ノ感情ノ中ニ、コレマデ謎トサレタ『感動』トイウ超プラスノ物質ガ存在シタコトヲ我々ノ報告デ初メテ知リマシタ。ソノコトハ重大ニ受ケトメラレマシタ。母タチハソノ物質ノ保存ヲ決メマシタ、ノア計画ハ中止サレマシタ、地球ノ凍結ハ中止デス」

ブルース「φ!!」

φ「μガ今ココデシャベリタガッテイマス。μハアナタタチカラ学ンダ感情ノ量ニ理性ノ均衡ヲ失ッテシマイ、忘レ薬ヲ今飲ンダトコロデス。モウジキ地球デ学ンダモノヲ、μハ一切忘レ去ルデショウ。忘レル前ニ彼女ハソノ記憶ヲ、テンプレートニインプットシテイマス。今作業ヲスルμノ目カラ例ノ水ガマルデ泉ノヨウニドンドンドンドン湧キ出シテイマス。

μニ代リマス。μ」

間

μ（激して）「ブルース！　ブルース！　私ノ声ガキコエル?!」

ブルース「聞こえるよμ！　俺の声が聞こえるか?!」

μ「姿モ見エルワ！　隣リニエクボガイル！　イカクチョモ、コピイッモ」

イカクチョ・コピイ「ハロー」

μ「愉シカッタワ。何ダカ判ラナイ。アナタタチノ星ハ遅レテルケド、デモタシカニ私タチノ星ニナイモノガアルワ。ソノコトガ私ノ心ノ奥ノ、奥ノ、奥ノナニカヲスゴクユサブルノ。ナツカシクテ何カ……スゴクステキナモノ。

私タチノ星トハチガッタ道デ、ダケド平和ニツナガロウトスルモノ。アア！　アナタタチノ姿ガドンドンボケテ行ク！」

エクボ「μ！」

μ「ドンドンボケテ……アアモウ見エナイ！

代ワリニ黒イ地面ガ見エテ来タ！

日本！

真暗ナ小サナ島！
デモソノ日本モドンドン小サクナル。
海！
大キナモノ！　東ガ明ルク、朝ガ見エテキタ！
アレハ何？
大陸!!
アメリカ！　廻ッテル！　ヨーロッパ。
全体。
地球!!
……アア!!」

間

「何テキレイナノ！　アナタタチノ星！
宇宙ノ暗闇ニ地球ガ光ッテル!!　物凄ク蒼ク。
……ソコダケ光ッテル。
……アア……
何テキレイナノ!!

μ

蒼イ天体！

何テキレイナノ!!

地球！

光ッテ!!

モット……光ッテ!!」

間

M　突然荘厳な後テーマが入る。

（終）

富良野塾16期生の卒塾公演「屋根」（初演）が、盛況のうちに幕を閉じた2001年3月。稽古場棟に設えられたソーズバー（元祖）において、倉本が集まった塾生とOBに問いかけた。「来年もう1本、新作の舞台を創ろうと思うンだけど、候補作は「サイパンから来た列車」と「地球、光りなさい！」の2本」。

「サイパンから来た列車」も98年に同じニッポン放送でラジオドラマ化されており、塾生も様々な形で製作に参加していたので、両作とも舞台化のイメージが可能な作品であった。全員による挙手の結果、僅差で「地球、光りなさい！」に決定。次点の「サイパンから来た列車」が「歸國」として製作されるのは8年後の２００９年まで持ち越されることになる。

この製作決定から1年後の２００２年3月、富良野塾第17期生卒塾公演として、「地球、光りなさい！」が復活した。劇団仲間版から39年目の改稿である。

富良野塾版の最大の特徴は、純白の雪景色を模した白い舞台。実はこれ、倉本マジックに欠かせない「暗転」がとても効きにくい。そこで倉本は逆に〝見せる場面転換〟を用意した。舞台に林立している雪をかぶった森の木々。その1本1本に役者が入り、場面転換に合わせて、動く踊る舞う演じる。これより２００６年の最終公演まで、作品ごとにパワーアップする伝説の「木の演舞」はここから始まった。口絵に使った写真がその1カットである。カーテンコールで木の中から「木の子」と呼ばれる小柄な塾生が飛び出して来た時の観客の驚きと、贈られる拍手の大きさは、この木の動きへの感動量のレベルの高さを表している。そのスタートとなった若き17期生が新しい作品創りに持てる力を出し切って創った「地球、光りなさい！」。今までの富良野塾テイストと違うファンタジックな舞台幻想の表現に手ごたえを感じた倉本は、7か月後の２００２年10月、富良野演劇工場「実験舞台」ＶＯＬ・２として、一般市民も一緒になっての創作を行う。ちなみに「実験舞台ＶＯＬ・１」は後に紹介する「オンディーヌを求めて」。

公演は、２００２年10月３日～６日。富良野演劇工場、全５公演。

富良野演劇工場　実験舞台ＶＯＬ・２

「地球、光りなさい！」

作者の言葉　　倉本　聰

ドイツの劇作家ギュンター・ヴァイゼンボルンの戯曲「天使が二人天降る」が劇団「仲間」によって俳優座劇場で上演されたのは１９５７年だったと記憶する。当時僕はこの劇団に所属しており、この上演に関わった。

この作品は山の飯場に下りてきた二人の宇宙人が感情の生物地球人とつき合うことによって初めて感情に目覚めるという物語で、理性と感情というそのテーマのみが全編を貫く主題だった。そのことを僕は勿体ないと思った。

１９６３年、僕は地球の核実験と環境汚染を主題にしてこの原作を大幅に潤色し、日比谷芸術座で上演した。それがこの「地球、光りなさい！」の原型である。

それから三十年、この作品のことは何故か心にくすぶり続け、95年ＬＦでラジオドラマ化、更に大幅に改訂し2002年春の富良野塾17期生の卒塾公演で試演、それに又かなりの筆を入れて今回の舞台にしあげたものである。

即ち凡そ半世紀近くこの作品にこだわり続けたわけだが、その間の度重なる試行錯誤の末思い切り原作の思想から離れてしまい、為に脚色と云うには無礼だと考え敢えてオリジナルと銘打たせていただいた。しかしその設定の根底にヴァイゼンボルンがいることは確かである。

その原作の冒頭の言葉に氏はこんなことを書かれている。我々は遠くの物を望遠鏡で見ようとするが、時には望遠鏡を逆さまにして更に景色を遠くにして見る必要があるのではないかと。この言葉はその後の執筆生活で、大切な言葉の一つとなった。

今回実験舞台の試みとして、実に多くの実験をし、様々な才能のお世話になった。キャンドル作家の横島憲夫氏、メイクアップアーチストの荒丈志氏。ネイリストの荒井佳子さん、歌手神山慶子さん、東海大学の神崎実先生他、集まって下さったボランティアの方々。これらの方々との一ヵ月にわたる実験は、実に愉しく有益だった。この場をお借りしてお礼を述べたい。

今回思い切って損失をかえりみず入場料を無料としたのは、多くの方々に観ていただきたかったからである。

しかし一方でシャポー募金をお願いしているのは、ここに費やした我々全ての汗と努力の対価というものを一寸考えていただきたかったからである。みなさんが店で商品をお買いになるように、心の感動をお買いになろうとするなら、一体どの位支払われるのだろうか。

翌2003年、いよいよ作品は全国公演に向かう。特に、宇宙人役にカナダ人女優を迎え、事実上の異文化との接近遭遇が図られる。その前後のことが公演パンフレットの「作者の言葉」と、「演出日記」に詳しいので、紹介する。なお、作者の言葉の前半部は、作品の成立とその後の変遷についての記載で、2002年実験舞台の作者の言葉と重複するので、後半の新作への「挑戦」の部分のみを掲載する。

「地球、光りなさい！」2003年11月30日〜12月27日　全23公演

「地球、光りなさい！」2003　作者の言葉　倉本　聰（後半抜粋）

今回この舞台を創るに当たり、かねてより考えていた一つの実験を決断した。それは、宇宙の涯から来る二人の宇宙人に、全く日本語を解さぬ外国人俳優を起用し、英語が全然判らぬ富良野塾の役者とぶつけることでリアルな〝異文化交流〟を演出してみたいということだった。カナダの演劇界が協力してくれて、二人のカナダ人俳優が来日した。

言葉の壁とぶつかりながら、今我々はかつてない貴重な、不思議な演劇体験をしている。

「地球、光りなさい！」　演出日記　倉本　聰

×月×日

カナダ・バンクーバー、アーツクラブシアターに於いて芸術監督ビル・ミラードと再

会。旧友であるバンクーバー在住の翻訳家吉原氏同行。「地球、光りなさい！」に於ける異文化交流の件話す。カナダでこれを上演する時は、逆にカナダ俳優をメインにし、宇宙人に富良野塾から人を送るというW制作の構想も示す。ビル、興味を示す。

×月×日

バンクーバーにて宇宙人オーディション。二日間にわたるオーディションの結果、ケイト・ブレイドウッド、サラ・グラウンドウォーターの二人の新人を使うことに決定。ウッド（森）とウォーター（水）を選べたことに乾盃。

×月×日

富良野にてローソクアーチスト横島憲夫氏と美術セットに関する打合わせ。深い冬の森を表現する術について意見を交換。実際の森を歩き、枝の生え方、その張り方、倒木更新の現実など観察。

×月×日

「花粉熱」公演の為、来日中の、富良野塾2期生桜典子（現・イギリスＲＡＤＡ校長ニコラス・バーター夫人）に、このプロジェクトの為の通訳を委託する。サラ、ケイトとの意志の疎通に、吉原氏と典子の役割は想像以上に大変な仕事になろうと予測される。

×月×日

森の木の素材、ＦＲＰを使うことに決める。スタイロホームで型を作り、その上にＦＲＰを用いる予定。ＦＲＰに詳しい旧友のカヌーメーカー打木馨氏に意見をもらう。

×月×日

吉原氏より連絡。英訳台本出来、二人にわたったこと伝えられる。但しこの台本はあくまで二人に筋を知ってもらう為のものであり、二人はその台詞を全て日本語とジバリッシュ（ハチャメチャ言葉）でしゃべらねばならぬ。

その為のローマ字台本を作る。

×月×日

ケイトとサラ、初めて台本を読み、そのセリフの多さに呆然としているらしい。しかもそれを全く理解せぬ日本語で覚えねばならぬということ。どう覚えるのか、キッカケゼリフはどうつかむのか、二人共恐怖にかられ始めているらしい。

×月×日

富良野塾に於いて日本人出演者オーディション。OBを中心に現役も混じる。現役19期より、工藤元利、音吉役を獲得。

×月×日

去年の実験舞台で宇宙人をやった高橋史子（9期）と久保明子（17期）に、宇宙人の全セリフを日本語でレコーディングさせる。これをケイトとサラに渡し、耳から覚えてもらおうという作戦。

×月×日

舞台監督九澤靖彦（9期）倒れる。巨大な戦力である九澤の離脱は大ショック。あまりにも多くの仕事を彼に押しつけて来たのが悪かったらしい。猛省。急遽小林彰夫（8期）に舞監を依頼。同時に建築スタッフの鬼塚孝次にもプロジェクト参加を要請。かくて漸く強力チームが再編された。卒塾生に使える人間が多くなったので救われた。

×月×日

ケイトとサラ、成田着。東京にて出迎え飯を食う。吉原氏、プロデューサー寺岡宜芳（2期）同行。初めて二人にキャスティングを告げる。その席にてローマ字の台本、録音テープを渡す。時差ボケながら二人共明るい。が、さて明日からどうなるか。

翌日一同富良野入り。典子もロンドンより富良野へ入る。

×月×日

稽古初日。第一回の本読みをやる。まずローマ字台本の問題点浮上する。ローマ字で表記すると蒼（アオ）はAOだがAOは彼らが発音するとエオになってしまう。そういえばゴルフの青木が、あっちではエオーキ、エオーキと呼ばれていたことを思い出す。「ンガ！」という宇宙語の肯定のセリフを、「NGA！」と表記したら、ケイトは「ンガ」と読んでくれたがサラはどうしても「ンニャ」となる。Nがあることがいけないらしい。更に日本語の小さい㋡、即ちキ㋡テとかサ㋡キといったはねる音が出来ない。Putとかwashとかあるじゃないかと思うのだが吉原氏の言によればそれらはすべて子音で終っており、その後に母音はつかない。母音がつくのはイタリア語ぐらいじゃあるまいかという。成程。となるとそこに一瞬ポーズを置く。即ちカンマを打ってやるという方法をとるべきか。

こういう難題が次々に浮上する。ローマ字台本再検討が始まる。

×月×日

横島チームのスタイロホームによる樹木の造形進行する。彼の造形技術の美事さは見ているると面白くて動けなくなる。

×月×日

稽古難行。

サラとケイトには日本語の助詞がかなりの苦痛らしい。「～の」「～が」「～へ」なくてもすむ所はどんどんカットする。考えてみるとこの台本はそもそも日本人俳優に対し書かれたものだ。外国人の云い易い表現に、変えられるところは変えてやるべきである。

もう一度台本を洗いなおす。

×月×日

友人次々に富良野を訪ねて来て稽古をのぞく。彼らが異口同音に云ったこと。たどたどしい日本語でしゃべられると何故か日本の役者がしゃべるより云っている意味がはっきり心に沁みこんでくる——。

これにはショック受ける。

塾の役者たちを集め、その意見についてじっくり考えるよう指示。

×月×日

ケイトとサラ、ぐんぐん良くなる。

ケイトは意味から憶えようとし、サラは音から入ろうとしている。全くアプローチの仕方が異なることが面白い。

日本人俳優たちも積極的に彼らと交わろうという姿勢を示し出す。

昨夜は通訳なしでみんなで飲みに出かけたらしい。

×月×日

最後に出る地球を、回転させつゝ遠ざけよ、という難問を出す。スタッフたち黙る。

×月×日

照明スタッフ広瀬（10期）中原（17期）、工場で何かを作り出す。地球回転マシーンだとのこと。

同じ工場の別の場所には、去年失敗したスタイロホーム水平カッターが既に出来上り威力を発揮している。

全員が夫々智恵をしぼり、作でない創の仕事をしている。

「地球、光りなさい！」2005年公演は、10月28日から12月25日まで、全46公演の一大公演である。2005年パンフレットより、創作日誌を紹介する。

「地球、光りなさい！」創作日誌・抄

倉本　聰

某月某日

猛暑。「地球、光りなさい！」再演に際しての改稿作業。昼間の猛暑を避け夕方より深更まで。

某月某日

六時半起床。血圧百九十。降圧剤とコーヒー。七時半より自然塾フィールドへ。「地球の道」の土方作業。斉藤（13期）梅原（9期）と泥まみれで働く。終日。夜、改稿作業。

某月某日

血圧百八十八。八時より自然塾フィールドへ。春から着手した富良野自然塾は閉鎖されたゴルフコースの6ホールを借り受け、それを自然林に還しつゝ環境教育の為の塾を開こうという構想。今かゝっているのは46億年の地球の歴史を460メートルの道に置き換える作業。それだけの距離を歩かせて、最後の0・01ミリの文明・経済社会が地球を破壊しつつあるということを、体感的に判らせる仕組み。終日土方。

某月某日

十五時まで土方。夜、塾で講義。
この日、塾生にツアー・メンバーの発表。明日から芝居づけになれるものと、農作業を続けねばならないものと、天国と地獄分岐の発表。心痛む。

某月某日
早朝から土方。夕刻より改稿。再演は続演に非ず。前回の反省＝宇宙人寄りに書いてしまってリアリティに欠けたこと。今回のテーマ＝ふるさと。
そして水。

某月某日
東京にて作曲家倉田信雄氏と音楽録音。同時にマスコミのＰＲ取材。二日間にわたり計八社。

某月某日
ＯＢたち入富して稽古始まる。スタジオにて本読み。今回はレオ役に在塾21期紺屋梓を起用。'91年「悲別」公演での森上千絵以来の大抜擢。吉と出るか凶と出るか。

某月某日
午前中土方。午后より夜中までスタジオにて本読み。

某月某日
演劇工場に移り立ち稽古に入る。複雑かつ微妙な木の動きに、木の子たち必死。彼らこそこの舞台の陰の主役である。

某月某日
講演の為小樽にとぶ。同地で今回の舞台のメークアップアーチスト荒氏と合流。宇宙人のメークアップについて詳細な打合せ。衣裳担当の並河（17期）同席。

某月某日
午前土方。血圧少し下って百六十七。午后稽古。

某月某日

合唱のシーンに手こずる。音痴の役者共！　どうしても合はない。わざとバラバラのキイから歌はせてみたら、何となく次第に合って行った。一同キョトン。要するにみんな人の歌を聴いていないのだ。それは演技にも演繹できる。人の台詞をよく聴きよく見ること。それこそが演技だ。喝！

某月某日
「地球の道」監修の為、元ＮＨＫ解説委員伊藤和明氏来富。恒星についての話きく。その話をヒントにμの台詞改訂。
「アノ蒼イ星。アノスグソバニ、ウチラノ星アッタ。デモ、モウナイ。アノ蒼イ星モモウナイ。今見エルノハ、アッタコロノ光」

某月某日
そのμのセリフの後に、その意味が判らないで一人だけ仲間から置いて行かれる頭のシーン追加。面白くなる。

某月某日

午前、土方。午后稽古。宇宙人二人、うまく行かない。前回はこの宇宙人に、日本語の判らぬカナダ人女優をキャストしたのだが、今回は日本人。そのちがいが演技に出てしまう。「理性だけがあって感情がない」というキャラクターは、一体どんなしゃべり方をするのか。セリフを大巾に変更する。

某月某日

山下（2期）久保（11期）水津（10期）役をつかんでくる。新人枠が意外と良い。この役（レオ）はこれまで森上千絵が演じてきたが、年齢的なことで今回卒業させ、演技指導をかねて演出助手に廻ってもらっている。かつて大劇団の看板女優たちが、いつまでも持ち役を放さない為、後進のチャンスの芽を摘んで来た。その轍をふまぬ為のキャスティング。

某月某日

衣装にクレーム。厳冬の寒さが出ていない。夏に稽古すると役者が汗だくになってしまうのでどうしても冬着を着たがらない。こういうことも前回のリアリティの欠如を生んだ。

某月某日

パキが学に、愛について語るシーンを追加。

某月某日

午前、「地球の道」作業。最近の学説によれば26億年前から24億年前、及び8億年前から6億年前まで、二度にわたって地球は全球凍結という時代を経ている。氷河期とはちがう。氷河期は赤道付近とか日本などは氷に覆われていないのだが、全球凍結はそれこそ地球の一切が、地下七千メートル位まで完全に凍結しているのである。その前ぶれとも云える時期に、いずれも地球の大気は高熱化している。メタンやCO_2の温室効果で。これはいずれも自然が起こしたものだが、現在いはれている温暖化は、自然ではなくヒトの起こしているものである。

温暖化という言葉はよろしくない。温暖とは快適な気温のことを云い、そこに全く危機意識を感じさせぬ。僕は最近この言葉に代えて地球高熱化というようにしている。

某月某日

血圧再び百八十八に上昇。降圧剤を飲んで午前は自然塾の土方作業。午后から稽古。
「試乗」のシーンの表現に手こずる。試行錯誤。

某月某日
「仲間」のシーンのスローモーション、木の動き、音楽とのコラボレーションがうまく行かない。音響の三浦（9期）曲を様々に変えてくれる。三浦はもはや音響のプロになってしまった。照明の広瀬（10期）と共に塾の芝居に不可欠の存在。二人共元々ライター志望で塾に来たのに。

某月某日
紅葉始まる。午前中、自然塾植林作業の為の種採り。これまで植林というと苗を植えることと錯覚していたが、実は種から苗に育てるまでが二〜三年かゝる大事業。いわばオギャアと生まれた子を小学校に上げるまでに育てる最も手間のかゝる作業。
目標十五万本の植樹をするのに一体何年かゝるのか。とても生きては育った森を見られまい。だがその気の遠くなる作業の一歩を進めることが、地球を光らせることだと信じて懸命に種を拾って歩く。この日はイタヤとコブシの種。

午后稽古。深更に及ぶ。いくつかのシーンがかたまりつゝある。舞台人を育てるのも苗作りに似ている。

某月某日
昨日気になったシーンの改稿。昼すぎ作曲の倉田氏来てくれて通し稽古を見てもらう。いくつかのシーンの音楽について直したいという倉田氏の要望。夕食後、舞台にグランドピアノを出し、役者の芝居に直接、生ピアノで音をつけてもらう。一同感激。

某月某日
先日録音したμとφのセリフ、録音状態がどうも気になる。工場グリーンルームでの録音ではどうしてもバックノイズが入ってしまう。再録音と決める。

某月某日
午前、自然塾で土方。「地球の道」かなり完成に近づく。結局こういう造物も、舞台作りと同じである。「地球の道」の為の熔岩石60トン、有珠より届く。それを配置する為の労働力、建築・鬼塚（スタッフ）組に結を頼む。杉野（15期）芳野〈現役〉鬼塚来てくれる。

某月某日

九澤（9期）東（17期）を中心とする裏方陣、セット作りに深更まで働く。作業はまだまだ先が長く、夫々が夫々のパートに寝食忘れて黙々と励んでいる。舞台作りは綜合芸術であり誰もが懸命にならなければできない。それは愉しい作業であるが、同時に狂気で立ち向わねばならない。

創るということは、遊ぶということ

創るということは、狂うということ

芥川賞作家の山下澄人（2期生）は、富良野塾の芝居にも「役者」の中心人物として、初期より様々に出演。この2005年公演が10年ぶりの出演ということで、「季刊富良野塾」2005年秋・7号に稽古レポートを寄稿。

地球、光りなさい!　稽古レポート　文　山下　澄人　2期生

10年ぶりに塾の公演に参加するため、9月の20日に富良野入り。そしてその夜からさっそく「本読み」。半円形に並べられた机に座り、その前には先生、チャコさん、2階からは熱いまなざしの在塾生さんら。例の震災で神戸の実家等はもうなく、見知った街は様変わりし、両親もすでに早々と他界している僕にとって、富良野はある意味「帰って来た」と思える唯一の場所であり、倉本先生は「すみとっ」と頭ごなしに叱ってくれる唯一の人となりつつある。そんな「えんぎ」の「え」の字を叩き込んでくださった人の前での「えんぎ」。早くも初日からあがりつつ何年間かで積み重なった「あか」が削り取られてゆく。ないと思っていてもあるのが「あか」なのだと思い知らされながら。

先生の指示は「稽古初日」というものの概念を根底からくつがえす。一流の演技者らと数々の名作を作り出されてこられた人なのである。そもそもの基準が何から何まで僕らと違う。低く設定しなおしてくださっているとは思うものの、それすら僕らの天井よりはるかに高い。ま、そりゃそうである。

僕らはけして一流の演技者などではないけれど、せめて「こころざし」だけは「一流

さん」になっていなければならない。

そんな怒濤の稽古がこれから日々くりひろげられる。いろんな段階の老若男女が「せめて態度だけでも一流にせめて態度だけでも」「ほんとうに死ぬ気はないけれどそれくらいのつもりで」を合言葉に、泣きつつたまに喜んだりもしつつ10月から始まる何ケ月間にもわたる本番に向かう。

少なくとも僕にとっては、今後、大きな意味を持つ何ケ月間になるだろうということだけは、稽古が始まって7日目ですでに、それだけは確かなのである。

（2005年9月27日記）


「季刊・富良野塾」2006年冬・8号に載った倉本自身による、物語はどう改稿されていったか、というクリエイターにとってとても興味ある記事。倉本の改稿術が明かされる。

これより前の物語の変遷について一言付け加えると、富良野塾版初期の「地球、光りなさい！」では、夜のクリスマス会に招待された宇宙人が、初めてのお酒を飲み酔いかける、といったシーンもあった。こちらも早い時期にカット。

書き換え、又書き換え
──「地球、光りなさい！」始末

倉本　聰

塾の芝居は初日と楽で大きく変っているとよく云はれる。その通り長期の公演の場合、稽古期間を含めて連日のように変更がなされる。毎日の公演、観客の反応につき合っていて、脚本の欠点、演出の未熟が連日のように見えてくるからである。どうしてこんな簡単な欠陥に今まで気づいていなかったのか、こうすればもっと判り易く、もっと面白くなっていた筈なのに何故そこで思考を止めていたのかと薄皮を剝くように徐々に判って来、その都度スタッフキャストを緊急動員して新しい改訂の稽古に入る。彼らにしてみればたまったものではないだろうが、これがテレビや映画とちがう舞台というなまものの創作途上の醍醐味であり、創る・・ということは上昇を目指して終着点のないそういう作業だと僕は信じている。

今回の「地球、光りなさい！」公演の過程での、そうした改訂への試行錯誤について一部ではあるが触れてみよう。

まづ前回の「地球」の台本から、今回の再演の為に稽古入り前に改訂した部分。

①φとμとの失われた母星を、地球そのものと重ね合はせる作業。
とりようによってはφμは現在の地球人の末えいであり、宇宙船で宇宙をさまよい続けた彼らが、地球に似た星にたまたま降りたったのかもしれないというかくれた根っこを設定すること。

②学がφに、抱き合うこと、地球人の愛の方法を教えるという前回のいわば芯ともいえるエンターテイメントの部分を思い切って排除し、代りに学が音吉と共に宇宙船に試乗して瞬時宇宙を見てきてしまうという異常体験のシーンを加えること。

この二つの柱を軸に据えて台本を更め、稽古に入った。しかし稽古に入ってから様々な細かい疑念が生じ、又新しい思考が湧いた。

物を創る上で重要なことは、主観的に思考を追いつめて行くことと、時にぐんと引き、観客の立場で作品を見つめること、その二つの作業を交互にしつづけなければならないということである。この作品の原作者ギュンター・ヴァイゼンボルンの云う、「我々は時に望遠鏡を逆さにして物を見る必要があるのではないか」という言葉は、まさにこのことをも指しているのではないかと思える。

稽古段階でそれと併行して富良野自然塾の仕事をしていた僕は、先輩である科学者伊藤和明氏から瞠目するような言葉を聴いた。
「地球は、太陽と地球の距離、そして地球の程良い大きさ、という二つの要因が生んだ、すばらしい偶然の星なのです」という言葉である。このセリフが今度の改訂のいわば核になり、それを地球と太陽でなく、失なわれたφμの母星と彼らにとっての大洋「アノ、蒼イ星」の関係に置きかえた。

そのことを核に据えて台本を書き換えて行ったのだがその改稿の過程をふり返って行くと、稽古段階では次のようになる。

9月26日■冒頭の「リハーサル」のシーン。施設の子たちを迎えて山子たちがクリスマスの準備をしていることの強調。（7枚）

同日■「ふるさと」と「涙」の間に「説得」のシーン追加。宇宙へ学を行かせない為にレオに協力させ学を拘束してしまった後、山子たちが夫々のやさしさで学の宇宙行きを思い止らせようとするシーン。（8枚）

9月30日■「好奇心」のシーンの冒頭に、頭と哲のやりとり追加。宇宙の神秘に触れながら、二人の人物を浮き立たせんが為。（8枚）

同日■パキが学を個人的に説得する「愛」のシーン追加。パキのやさしさを際立たせる為。（10枚）

同日■「涙」のシーン改稿（5枚）

10月8日■「リハーサル」のシーン改稿。松田の性格を明確化するため。（2枚）教授・という仇名をこの日より用いる。

同日■「陰謀」のシーンの松田のセリフ改稿（2枚）これも松田のえせインテリの性格を立たせる為。

同日■「送別」の松田のセリフ改稿（1枚）これも右に同じ理由。

10月9日■「離陸」のシーンでのμの演説の内容変える。こゝに、今回の大テーマである、蒼イ星→φμの母星＝太陽→地球の関係を集約的に括める。（2枚）そして10月28日愈旅に出ての第一回磐田での公演。以下改稿、及び演出の変更は小さいものも含めて連日続く。

11月5日■（東京アートスフィア）「好奇心」のセリフ書き換え。中学の先生亀田サン初めて登場。後にこの亀田サンは哲の履歴を明確化する為、網走刑務所の刑務官に変更。（2枚）

11月16日■（名古屋）「説得」のシーン気に入らず改稿。（5枚）

11月22日■（金沢）「離陸」のシーンのφのセリフ変更。それまで、μに指摘されて、「ソウヨ、涙ヨ、涙ガ出テクルノ。私、感情持ッチャッタノ」と、確信的に云はしていたのを、φが学に「涙ナノ？　コレ、涙ナノ？」と自信なげに聞く形に。これによってφの切なさと不安定な心の動きをより出すように変更。（2枚）

同日■「好奇心」改稿。前記亀田先生、網走刑務所の刑務官に昇格。（3枚）

12月2日■（宇土）「説得」改稿。（2枚）

12月6日■（甘木）「説得」更に改稿。（1枚）

12月17日■（札幌）ラスト、レオが木のテープをはがし、去る所に学が出て見ていたのを、学の登場を遅らせて、逢はせないようにする。

12月18日■（北広島）「送別」のシーンで松田が「（UFOが）来たぞ！」というところで超低空でUFOが彼らの頭上に迫ってくるという演出を追加。

こんな具合に進んで行った。

今回は哲を演じる山下澄人が色々意見を出してくれた。

役者の意見というものは、しばしばその役のみを見る目線に立ってしまいがちなものだが、脚本も書き演出もやる彼の意見はさすがに大局に立って個の欠陥に疑義をもつレベルの高いものだった。

物を錬る事は、まず疑問を持つ、という事から始まる。連日の舞台で流されそうになるとき、我々が常に新鮮さを保つには常に自作に疑問を持ちそれに対する手を打ちつづけていかねばならない。作品には多分、完成という言葉はないような気がする。

〈付記――馬鹿々々しい改稿の一例として。哲の説得のセリフの変遷〉

①「大体お前、宇宙に出ることの意味をちゃんとリアルに考えとんのか。お前の好きな吉野家の牛丼も十勝オハギももう二度と喰はれへんのやぞ」

←（牛丼はBSEで売られていないので）

②「――お前の好きな吉野家の豚丼も松屋の豚丼も、どっちの豚丼ももう二度と喰はれへんのやぞ」

←（全然客に受けないので）

③「大体お前、女しかおらん集団の中に男が入る意味判っとんのか！　男便所がない

どころか、あっちの世界は無重力やぞ。小便したら散るんやぞ！　散ったらお前、ビショビショになるんやぞ！」

←（あまりに汚いので）

④「大体お前、女しかおらん集団の中に男が一人で入る意味判っとんのか！　しかも相手は好奇心まんまんで欲求不満の女の集団やぞ！　いうたらトドのハーレムやぞ！　ユンケルもないとこで何日持つと思とんじゃ！」

←（どうも下品なので）

⑤「大体お前小さいころ、親や先生によう云はれたやろ。知らん人についてったらいけないよって。わしなんかお前その云いつけ守らんと、知らん人にずうっとくっついて網走刑務所まで行ってしもたんや。」

（これにて落着）

皆様はどのヴァージョンを御覧になる破目になられたのだろうか。

倉本は２００５年の創作日誌にあるように、同時期「富良野自然塾」の設立に情熱を傾けていた。富良野自然塾は２００５年5月3日に最初の植樹をし、その後1年かけて準備して、施設を整え、人材を育成し、翌年の2006年に正式にオープン(開塾)する。

「地球は、偶然と奇跡の星。しかし、その奇跡はもろくて繊細である」劇中にも同様のセリフの云い回しがあるが、元は倉本と旧知の科学者・伊藤和明先生が、富良野自然塾を訪れた時に発した言葉である。倉本が自然塾を立ち上げる際に、このように学んだり調べて知り得たことの多くは、芝居を創る際にも大きな力を発揮した。この「偶然」もまた「芝居の神様が降りてきた」瞬間だと感じる。

富良野自然塾は、夏と冬に行われる倉本聰作のお芝居付きという、スペシャルメニューを提供してきた。「ニングル」や「地球、光りなさい!」などの感動の舞台を観た後に、自然塾で環境の大切さを学び、実地に、木を植える作業をするときに感じる本物の「感動」――。

元々、富良野はドラマ「北の国から」で、風車や水車、木ではなく石の活用、有機栽培に廃棄物の再利用まで実践した黒板五郎の故郷(ふるさと)。自然環境を考えるのに適したロケセットや撮影ポイントが各所に残されており、これ以上の土地はないと云える。「電気がなくても暮らせる」五郎的生き方は、東日本大震災、そして福島原発事故後、ますます日本中から注目を集めるようになった。

北海道富良野は、そうした「感動」によって、環境の大切さを学べる、究極のエコシティである。

「地球、光りなさい！」現在までの最終公演は、2006年6月に行われた富良野演劇工場の「富良野塾ロングラン公演」の第1回作品である。初日の6月1日は午前中、「富良野自然塾」が正式に事業（プロジェクト）をスタートしており、夜7時半開演の「地球、光りなさい！」まで、倉本はこの特別な一日をまったく休む間もなく過ごす。

ちなみにロングラン公演は、翌年の2007年1月の「谷は眠っていた2007」をはさみ、7月の「ニングル」から、「富良野GROUPロングラン公演」と、冠を変える。

最終公演で面白いのは宇宙人役に配役された役者の動向。初演、つまり17期卒塾公演で宇宙人役を演じた松本りき・井上明子のコンビが今回も宇宙人で登場するが、配役が逆。初演で感情を発芽するφ役をやった松本は、今回は終始感情を一切持たないμ役を演じる。見た目、元気いっぱいの役柄が似合う松本は、初演の感情を持つφ役がはまり役だと感じさせたが、倉本が2005年と最終公演で配役したのは、感情のない無表情のμ役。しかしこれが松本自身の演技力の発芽もあろうが、表情豊かな彼女が、無表情に徹することで、感情を失くした星の人というキャラクターを逆に際立たせていた。松本は2017年の「ノクターン」でも、東日本大震災の津波と原発事故で悲劇を背負う「ルイ」役に抜擢されたが、けっして陰湿になることなく、持ち味の明るさでルイを「ナチュラル」に演じ通す事で、逆に「哀しみ」を際立たせていた。倉本の元で修業を重ね、哀しみを笑顔で演じる松本の演技力の充実もあろうが、やはり倉本のキャスティングの妙が大きい。井上も、感情に戸惑うφ役を切なく演じていた。そして、不法滞在の外国人パキを演じた水津聡がこれまた絶品！　さらにオカマ役を演じた久保に至っては、もしかして本当にアッチの人？　と思わせるキャスティング！

倉本は演出時「ケミストリー」化学変化・化学反応という言葉を使う。主に、相手役の出方によって、違う反応を見せるときに使うが、こういうキャスティングの妙を実際見せられると、そうした化学反応の力を大きく納得させられる。

それ以前の2003年のカナダ人役者サラとケイトの時は、見た目重視の配役。外国人ゆえの言葉の壁も大きかっただろうが、元気印のサラがφ、理知的美女のケイトがμ。視覚的な分かり易さもあるが、今だと逆バージョンの化学反応も観てみたい。

元々、塾生役者は初期の「谷は眠っていた」は〝等身大〟、「悲別」や「ニングル」は〝同世代〟を演じてきた。そう見える人が、そう見える芝居をして成立させてきたわけである。それがいつしか、塾生役者の成長に伴ない、そう見えない人でも芝居でそう見せる！　という段階になってきたのである。

倉本は女優八千草薫さんに言わせると「ひきだし上手」（「放送文化」'73年3月号）。役者自身が気づいていないいろんな側面をうまくひきだすのが「上手」。役者をバケさせるのが得意である。倉本ドラマを観る上で、大きな魅力の一つにもなっている。

富良野塾の芝居では、配役（キャスティング）による化学反応の成功例は多いが、役者の演技力が化学反応を巻き起こしたのは、「屋根」で生松和平を演じた久保隆徳。そして今作のパキ役の水津聡と、そう多くはない。松本りきも倉本の求める芝居のレベルの高さにはまだまだ応えきれていないが、とてもいい素質を持った役者だけに、いつか芝居でハジケる化学反応を観せて欲しい——。そうした本気で覚悟を持って頑張り続ける若者の一歩、また一歩が倉本作品を深め、高め、極めていくのである。

最後に、２００５年＆２００６年公演のパンフレットに、作者の言葉として載った倉本のメッセージを紹介することで、半世紀にわたって改稿を繰り返した「地球、光りなさい！」の頁を締めたい。

「地球、光りなさい！」富良野塾ロンググラン公演２００６夏

2006年6月1日～30日　富良野演劇工場　全31公演

地球、光りなさい！「地球――このふるさと」

倉本　聰

これは、ふるさとについての寓話である。

山の飯場の人夫たちは、年末だというのに当分故郷へ帰れそうにない。

賄婦レオは、物心ついたとき既に孤児院に身を置いており、ふるさとを知らず、ふるさとを求めている。

学はふるさとから逃れたく、旅を続ける風来坊である。

一方そこへ降りたった二人の宇宙人は、ふるさとである己れの母星をはるか昔に失ってしまって、宇宙をさまよう放浪の民である。そういう状況でこの舞台は始まる。

ふるさとについて時々考える。

あなたの故郷は東京ですか富良野ですかと、何度か人に訊ねられたことがある。生まれ育ったのはたしかに東京だが、僕のなつかしい東京の情景は今やすっかり変り果ててしまい、その意味で故郷は消滅した。僕の考えでは故郷というものは、緑と水ときれいな空気とやさしい人々がいなければならず、それを求めて富良野に居ついた。

ドイツの劇作家ギュンター・ヴァイゼンボルンが半世紀前に発表した戯曲「天使が二人天降る」は、理性が進みすぎ感情を失った宇宙人が、感情の動物である地球の人間たちと遭遇して巻き起こす抱腹絶倒の喜劇であるが、この作品が頭を離れず五十年以上こだわってきたのは、我々の周囲の地球の人間がこの五十年にどんどん変化し、理と利をめざして旧来の姿から次第にいわば宇宙人化しつつあるように見えて仕方なくなって来たからである。その視点から僕はこの原作を改竄し、原作者には失礼ながら「地球、光りなさい!」というこの作品に仕上げた。

ヴァイゼンボルンは原作のまえがきに、興味ある言葉を遺している。

我々はいつも望遠鏡で、物を大きく近づけて見ているが、たまにはそれを逆向きにして、物を遠くに置き、見る必要もあるのではないですか、と。

僕は今視点を少し遠くに置き、我々のこの地球という唯一のふるさとを、見つめることに挑戦してみたい。

「オンディーヌを求めて」について紹介する。

若き日の倉本が敬愛した加藤道夫さんの流れで、劇団四季入団を目指した時期のことは前に書いた。

加藤道夫の遺志を継ぐ浅利慶太氏が率いる「劇団四季」は、その創立期に、一つの戯曲の上演を目標としていた。ジャン・ジロドゥ作「オンディーヌ」。

「舞台幻想」の代表作である、この作品。劇団四季は今でも、この作品を「宝物」のように大事に大事に上演を重ねている。

世界中の役者、特に女優にとって、この、水の精「オンディーヌ」(ウンディーネ)を演じることは、最高に幸せなこと。競い合ってでも、演じ甲斐のある特別な役。

劇団仲間や、ニッポン放送、老舗の映画会社、そして新進のテレビ局――。

倉本は、夢を目指す若者たちに、自らのいばらの道を垣間見せ、「覚悟」と「本気度」を問いかける。

倉本の「オンディーヌを求めて」を深く読みこなすには、まずジャン・ジロドゥの「オンディーヌ」を知らずには――ここは、倉本聰の劇作家の道へのきっかけとなった加藤道夫氏の著作、早川書房の「ジャン・ジロドゥの世界 ――人とその作品――」から、「オンディーヌ」の紹介文を引用する。この文章は、浅利慶太氏率いる「劇団四季」の誕生のきっかけになったということでもあり、日本の演劇史上にとって、大事な大切な文章である。

ジャン・ジロゥドゥの世界

加藤　道夫

Ⅵ　オンディーヌ

「オンディーヌ」Ondine は一九三九年、アテネ座に於てジュヴェ演出に依り初演された。戯曲としては彼の第十二作であり、文学的にも劇的にも極めて円熟したジロゥドゥ劇の精随を示す傑作である。

舞台は遠い世の昔から神秘な伝説を秘めるドイツの森林地帯。近くに幽邃な湖をひかえた老漁夫オーギュストと老妻ウージェニィの住む小屋。彼等の養女オンディーヌは水の精霊である。其処へ人間界から一人の訪問者、騎士ハンスが訪れる。彼は此の世に《陳腐でないもの、日常的でないもの、すり減っていないもの》を探し求めていたが、オンディーヌに逢って、遂にそれを探しあてたと思う。人間界では魔術と呼ばれる不思議の行為を此の少女は極く自然にやる。風雨の中を飛び廻っても少しも濡れない。世にもあらぬ美しさ。騎士は身も魂もすっかりオンディーヌの虜になってしまう。併し彼はオンディーヌの自然の本性を理解したわけではなかった。彼がオンディーヌの裡にみたものは、唯精霊の魔術を心得た人間の女でしかなかった。騎士はオンディーヌを妻にと所望する。水界の王は騎士のオンディーヌに対する貞節に疑惑を抱き、引きとめようとするが、オンディーヌはもはや人間ハンスの妻たらんとする抑え難い欲求にとらわれていて、彼の言には耳も藉さない。仮借のない自然界の契約が取極められる。永劫に変らぬ愛を信じつつ、水界から人間界へ嫁いで行った最初の水妖オンディーヌ。ひとたび騎士が愛の貞節を失えば彼は直ちに死ななければならない。

オンディーヌを携えて人間界に帰って来た騎士は次第に後悔し始める。《ありのままの愛人》としては申分のない彼女も社交界の花嫁として紹介するには如何にも恥しい。伝統ある騎士の家風に相応しからぬオンディーヌ、能と言えば泳ぎが出来ると言うだけで、読み書きも踊りも出来ぬ女、作法と言えば自然から直かに習っただけだから、人間界の礼儀、お世辞、弁解等は一切理解出来ぬ。騎士の貞節の心を試そうと監視の眼を光らす水界の王は、奇術師に化けて、ハンスを前の許婚者ベルタに再会させる。オンディーヌに較べると申分のない騎士の妻たる資格を備えて居り、ハンスに対して未だ強い未練を持つベルタはハンスの心理に狡猾な術策を弄し始める。ベルタは男の心の弱味を知っている女、ハンスの心は再び動揺し始める。オンディーヌはそれに気がついて、ハンスを自然界の厳しい掟から救おうと躍起になる。ハンスを死から救う為に、ハンスの心を再び自分に取り戻す為に、オンディーヌはたったひとつの人間的な術策を考えついた。人間界ではひたむきな真実が受け入れられないならば、嘘をつく以外にはない。彼女は、自分に絶えずあたたかい眼差を投げていた男、彼女に可愛い女と漏らした影のような男、ベルトラムと通じて一足先にハンスを騙したように思わせようとする。Je t'aitroinpee avec Bertram!（あたしはベルトラムとあんたを騙した！）。オンディーヌは姿を消し、その声だけが宿執のようにエコオとなってハンスの耳に伝わって来る。Avec Bertram!…と。

やがて、ベルタとの結婚式が挙げられようとする日、ハンスは初めてオンディーヌの貞節の魂を理解したが、その時既に《狂気》が人間ハンスの脳髄を冒し始めていた。人間ハンスの魂がオンディーヌの自然の魂と合致した時、真実の貞節の心が彼を蔽うた時、彼の此の世の命数は尽きていた。水界の王はせめてもの心尽しにハンスの死と同時にオンディーヌから一切の人間界の記憶を失くしてやると約束をする。大自然の宿命の判決が下される迄の数分の間の逢瀬をオンディーヌとハンスは一切の愛の憶い出に、大いなる愛の自覚に生きた。水妖オンディーヌと騎士ハンスの悲恋は斯くして永劫の訣別に終る。

２００１年10月。倉本は、富良野演劇工場実験舞台として、新作「オンディーヌを求めて」を書き下ろした。スタッフやキャストのメインは富良野塾で占めるが、参加希望の市民を参加させ、舞台公演を行うというものである。

倉本が、ファンクラブの会員にあてた、あいさつ文から――

小生の新作「オンディーヌを求めて」という女性二人だけの芝居を、十月、演劇工場で上演します。出演は8期の森上千絵と同じく8期の香川葉月（旧名佳子。ニングルのスカンポを演じた女優です）。

十年前に同じ劇団の研究生だった二人の女優。一人はスターとなり一人はニューヨークでこつこつ修業しているかつての親友同士である二人が、舞台「オンディーヌ」のオーディション会場で再会し、結果を待ちつゝ二人で対話する。芸能界と芸界、名を売ることと芸を磨くことの対比を、二人の過去と現在を交錯させせつゝ描くドラマです。「オンディーヌ」とはフランスの劇作家ジャン・ジロドゥの名作で、北欧伝説の中の水の妖精です。

今回の舞台は、演劇工場の第一回実験舞台として作られ、その製作過程から、美術、衣裳、照明、音響他一般の方に加わっていたゞき、ワークショップを重ねながら、なかば公開で作って行くという新しい試みです。

富良野塾では富良野発のこの新しい試みを是非大成功させたいと思っています。

（後略）

倉本　聰

富良野演劇工場実験舞台VOL・1　「オンディーヌを求めて」
2001年10月18日～21日　全4公演

告知のチラシと、当日パンフレットの「作者の言葉」より

作者の言葉『オンディーヌによせて』

倉本　聰

この世界にどっぷり足をひたらせて、ずっと疑問に思いつづけてきたことがある。日本の役者たちの不勉強についてである。不勉強というよりサボタージュ。自分を磨き上げることについてのあまりの意識の低さについてである。

アメリカやイギリスでは、現役の役者が常に訓練を怠らず、自分を磨くことを仕事としている。日本の〝売れっ子〟が磨くのは、ゴルフの腕前だけである。

それは一つには日本の芸能界と観客のシステムにあるのだろう。多くの観客が芸を観に行くのではなく、きれいな、可愛い、或いは今話題の人気者の顔を見る為に作品を観ようとし、感動を得る為に観ようとしていない。故にテレビは顔を見せる為に、芸のない者を平気で使い、本物の存在をないがしろにする。尤もこのところは、観客が先かテレビが先か、卵と鶏の関係で、判らない。

僕らは、観客に感動を味わってもらいたいが為に、一生賭けてのこの仕事をやっている。そういう人間、役者や演出家や作家はいっぱいいる。しかし彼らも日常に麻痺して、そうした初心を見失って行くのだ。

これは二人の女優の、役に賭ける斗争の物語である。

ある種僕の中にモデルがある。それは一人や二人ではない。しかしそのことはこゝで云うまい。二人が二人共芸能界の被害者であり、いずれの側に肩入れされるかそれは皆様の心に委ねたい。

オンディーヌを求めて――Call me ONDINE!

作者の言葉　倉本　聰

これは一つの役（オンディーヌ）を求めてオーディションで競う二人の女優の物語である。

フランスの劇作家ジャン・ジロドゥの「オンディーヌ」は、一九三九年、ルイ・ジュヴェの演出により、ジュヴェ、マドレーヌ・オズレーのキャストで上演され、その後一九五四年ブロードウェイで、オードリー・ヘップバーン、メル・ファーラーの出演により上演された。水の妖精オンディーヌの役は、女優なら一度は演じたいと憧れる役柄で、日本では四十年前劇団四季が上演している。

オーディションによる配役の決定は俳優にとって極めて過酷な競争である。

それはスポーツの競争とちがい、記録（タイム）や明白な勝敗によって決められるものではなく、あくまで演出家やプロデューサーの主観によって決められるものであるから、当然そこには選ばれるものにとっての疑義や不信や不満がつきまとう。しかし俳優はそれに抗議できず、不満を押し殺して笑顔をつくり、その現実を受け容れねばならない。

俳優同士は更に微妙だ。殊に親しい間柄では。そこに発生するねたみや反撥は、しばしば友情にひゞを入らす。そうした例をいくつも見てきた。

そして又日本の特殊情況がある。

この国の演劇界は、多大にテレビの影響を受け、そしてこの国のテレビ界は、こつこつと修業する俳優よりも殆ど基礎すらない歌手、モデル等々、即ちネームバリューのある、見映えの良いものを優先的に使おうとする。つまりこの国では「芸能界」と「芸界」を区別しないと見誤ることになる。

そうした日本の演劇界の中の青春を、かねがね一度書きたいと思っていた。

自然界の中で水の妖精オンディーヌが認識する純粋なる愛が人間世界では受け容れられなかったように、演劇界で若者の抱く純粋な夢は、利害と打算の芸能界では努力しても必らずしも報はれないのである。

その後、「オンディーヌを求めて」は、2003年4月、「劇団昴」が東京で上演した。2010年、「マナカナ」の出演で再演が決まったが、とても興味深い「仕掛け」が施された「生」芝居となる。いや、舞台はもともと生ではあるが――

詳しくは、チラシに掲載されたコピー文から。

かつて劇団の同期だった二人の女優〝メグ〟と〝あい〟が、
舞台「オンディーヌ」の主役オーディション会場で十年ぶりに再会。

その結果を待つ二人が繰り広げる、僅かな時間の熱い物語である。

双子である三倉茉奈と三倉佳奈が、赤の他人として、真のライバルとしての女優〝メグ〟と〝あい〟を演じる。

最大の見どころは3パターンあるラストシーン。

舞台上にいる本人達にも、その瞬間まで結果は明かされない。

メグが受かるか。

あいが受かるか。

二人とも落ちるか。

オーディション結果を待つ緊張は、客席をも巻き込むに違いない。

富良野GROUP公演　2010秋　「オンディーヌを求めて」

２０１０年11月13日～15日　富良野演劇工場　４公演
20日～21日　大阪市・宮の森ピロティホール　３公演
23日　能勢町・浄るりシアター　１公演
27日～28日　ラフォーレミュージアム六本木　３公演

公演パンフレットより

オンディーヌを求めて

作・演出　倉本　聰

この芝居は、いまの日本の芸能界、とりわけテレビというものへの痛烈な批判を含んでいる。

可愛い（それもあくまで主観の範疇だと思うのだが）というだけで、何の芸も能力もないアイドルが何億もの金を稼ぐという現実。20歳前の小娘たちが、いや最近は10代になったばかりのお子様たちが画面を、それこそ学芸会のごとくに飛び跳ねている。もちろんそれはいまに始まったことではなく、大衆に迎合することに疑問を呈してこなかったテレビの宿命でもあるだろう。

しかし一方で、ハリウッドスターたちが何百億円もの出演料をとるようになった後も、専属のドラマコーチを雇い、スタジオに通い、自らを磨くことを決して怠らないという事実がある。

いつから日本の大人たちは、このテレビという怪物に背を向けてしまったのか。

主役のふたりは、日本とアメリカというふたつの世界でもがき続ける。

女優同士で、お互いにぶつけ合う痛烈なセリフのなかには「本物の役者」の姿が描き出されていく。

稽古ドキュメント

この虫が飛ぶと、間もなく雪が降ると云われる北国の風物詩〝雪虫〟が舞う晩秋の北海道・富良野――10月、舞台「オンディーヌを求めて」の稽古が始まる。
茉奈「私たちがこれまで出演してきた舞台と大きく違い、『オンディーヌを求めて』はごまかしのきかないセリフ劇です。今まで、2人芝居なども経験したことがありますが、歌ったりダンスがあったりで、今回のように家の中で、過去と現在を行き来しながら、心の動きを会話で表現する舞台は初めてです」

佳奈「倉本先生と一緒に芝居を作れることが決まった時は、すごく嬉しかったです。実際にお会いして、たくさんのことを教えていただきました。指摘してくださることやダメ出しは全部納得させられ、自分の弱点をはっきりとつかむことが出来ました。倉本先生が今の芸能界に対して抱いている疑問や主張を描いた作品を、私たちが演じるということなので、責任重大だと思っています」

稽古はまず〝本読み〟から始まる。作品という樹木が自立するためには、目に見えない土の下で根を深く張り巡らすことが必要。登場人物が舞台の上に、生身の人間として立つために、「履歴」という、それぞれの根っこが緻密に築かれる。

茉奈「あいはNYで10年間勉強して、いろんなレッスンを受けたりダンスを学んだり、台本には書かれてない苦労もたくさんしています。私はあいが経験したほどのことをまだ経験していないし、行ったことはあっても、NYやブロードウェイで生活したわけではないので、その現実をリアルに想像して、本当に経験したかのように自分の体の中に入れていくのはとても難しいですね。芯の強さや意志の強さ、多くの経験…あいを演じれば演じるほど彼女が私に足りないところをたくさん持っているので、少しでもあいに近づこうと役作りをすることで、あいと一緒に成長していきたいです」

佳奈「直感型で、天真爛漫な女性――稽古が始まるまで、メグを自分なりにそんな風に漠然と考えていたのですが、稽古が始まってからは「メグって、こんな人なのか！」の連続です。倉本先生が求める根っこの深さ、緻密さで、メグのイメージがどんどんふくらみます。私は割と頭で考えるタイプなのですが、メグは思ったことをパーンと話したり、行動したりするので、そういう〝天衣無縫〟な役を、どう演じたらいいのかと考えてしまいます。でも、それを頭で考えること自体が「メグ」ではないし、本当に難しいけれど、メグになりきるしかないですね」

デビュー以来、テレビドラマの世界を中心に活動してきた2人。富良野に缶詰になってここまで深く役作りをして、稽古づけの毎日を過ごせる毎日は、望外の喜びである。

佳奈「私の芝居のクセや欠点を、倉本先生がズバズバ言ってくださるので、それをまず徹底的に直しています。それが直るだけでも舞台が終わったら自信につながるし、苦手を克服できたら、芝居の幅が大きく広がるでしょうね。今は、〝役者・三倉佳奈〟を超える作業をしている、という感じです。これまでもドラマにしても舞台にしても、新しい作品にかかわるたびにいろいろ挑戦したり、壁を超えようとしたりしてきたつもりだったのですが、今回の舞台は、自分ができる範囲の中でこなそうとしても、絶対にできないレベルです。自分でもわからなかった自分、〝未知の自分〟に出会う旅に出ないとダメだろうな、と覚悟しています」

茉奈「倉本先生から〝履歴作り〟の大切さを学びました。主人公の過去だけじゃなく、舞台上の、そこに至るまでに何があったのかを、細部まで作るように言われます。指導は厳しいけれど、具体的に先生自身が芝居を演じながら説明してくださって、本当にわかりやすいんです。

富良野の朝って、めちゃくちゃきれいなんですよ。陽の光がキラキラしているし、空気が澄んでいるし、緑がきれいだし。外に出たら肌寒くて、でもそれがすごく心地いいんです。NYから来た「あい」になり切って、五感で感じる富良野の自然からも、たくさん吸収したいと思っています」

プロとして、更なるレベルアップを期し、作・演出の倉本聰の世界に飛び込んだ二人。

倉本「もっと具体的な絵を思い浮かべて！　窓の外には何が見えるの？」

「そんな浅い履歴じゃあ、舞台に立つ資格はないよ！」

「もっと、ハラから声を出して！　そんなんじゃ、お客に届かない！　そんなの基礎中の基礎！　演出の俺の方が声が出てるじゃないか！」

「どうして相手の言葉を聞いていないんだ！　今、あなたが言う台詞は、相手の言葉を聞いて、今この瞬間に、あなたが生み出した台詞なの！」

「芝居は台詞じゃないんだ！　表情！　姿勢！　呼吸！　心の動きをそれに乗っけて表現しなさい！」

「大人の芝居をしなさい！　それじゃぁガキ！　台詞をなぞると芝居がクサくなる！」

「大人は相手に弱みを見せまいと辛くても微笑むの！　それがこの役のカッコよさ！」

怒濤のダメ出しに答えようと、ただただ必死に食い下がる二人。

厳しいながらも、役者にとって〝宝物〟になるダメ出しの数々――。

この「オンディーヌを求めて」という作品は、その稽古期間を含めて、オンディーヌ役という本物を求めて、死に物狂いで斗う女優の〝生き様〟が問われる舞台である。

　実際に現場で3つのラストシーンがどのように行われたか、当時の担当者に訊いた。担当者は「地球、光りなさい！」で、感情のないμ役を無表情で演じきった松本りき。「最初は、携帯に本当に合否をかけようかという案がありました。でも、劇場によっては圏外だし、何より他の電話が本当にかかって来たら、芝居がぶち壊し。それで、倉本先生がインカム（トランシーバー）で舞台監督にその日のラストシーンを123で指示します。それが舞台袖にいる私に伝えられ、電話が鳴ったタイミングで、ボードで電話を取るあい役の茉奈ちゃんに伝えます。」じゃあ、メグは、あいの反応を見てどっちが合格かを知るわけ？「3の二人とも不合格は、メグの携帯もなるから……どっちにしてもかなりスリリング！」指示が来るタイミングは本当に直前だったそう。でも、公演の途中から、倉本が二人の芝居をじっくり観たいからと、開演前にスタッフ間には知らされていたそうで。「でも、本人たちには本当にあのタイミングなんですよ。私が出すボードですべてが決まると思ったら、何故だかちょっぴり優越感！」と、μ役では見せない悪戯っぽい笑顔でニンマリと松本。おかげで観客はリアルな生の反応が毎回堪能できるという仕掛け。

創るということは遊ぶということ
創るということは狂うということ

マナカナさんにとっても、僕らにとっても、「創る」ことを実感する公演であった。


「地球、光りなさい！」という、倉本の劇作家人生を象徴とする作品。

「オンディーヌを求めて」という、倉本の演劇人生から生み出された作品。

この2つの作品、特に「地球、光りなさい！」の原点である作品が、1956年と翌年、劇団仲間で公演したギュンター・ヴァイゼンボルンの「天使が二人天降る」。劇作家・倉本聰の海抜零を探る意味でも、その「作者」の想いを訪ねる。

天使が二人天降る

作者の言葉

喜劇を書くのに、いろいろなやり方があることは周知の通りです。望遠鏡をあっちこっちに向けてみる、というやり方も、一つの手です。何もかもが、とたんに、小さく、それこそかわいらしく見えるものです。この場合、喜劇の手段としては、距離が肝腎なことなので、箒の柄の上にお説教を書いたという、あのアイルランドの牧師さんなどは、その道の大家でした。

ものが小さいほど、眼は注意深くなるものです。ま、いずれにしても、あらゆる喜劇の中にひそんでいる心を痛めるものだけは、眼に見えるようにしておきたいものです。

それはとにかく、ここでは、ユートピア的な喜劇をお見せしようというのでもなく、また崇高な神秘劇をおめにかけようというわけでもありません。それどころか、この地上の甚だしくリアリスティックな模写を、御覧に入れようというのです、この地上に住んでいらっしゃる方々のお楽しみのために、そして、ある種の思考過程のお役に立てるために。

いずれにしても、これは、気持のいい人たちのお芝居ですし、作者と致しましても、ほのぼのとした気持で、書いたものであります。

ギュンター・ヴァイゼンボルン

倉本が今、作劇法的に〝我が意を得たり〟と口にする、喜劇王チャップリンの言葉がある。「人生はクローズアップで見ると悲劇だが、ロングショットで見ると喜劇である」

モノを創る醍醐味が、ここにはある。

劇団仲間に入り、「創」の世界にのめり込み始めた若き倉本聰。この「天使が二人天降る」の公演を手伝っていた倉本の目の前に、一人の天使が舞い降りた。5期生・平木久子――。入団したての彼女が新人ながら宇宙人役という大きな役に抜擢された。舞台上で光り輝く宇宙人役のチャコさんを見つめながら、倉本の心に「愛」につながる「恋心」が芽生えたのではないだろうか――。実際のめぐり逢いは5期生の入団の時で、「一目ぼれではない」と否定する倉本。だからこそ「普通」に感じていた相手が舞台で光り輝く姿は、「創」の心にひと際響いたのだろう。この運命のめぐり逢いから5年後、二人は結ばれる。

この時めぐり逢った「愛」に支えられての、脚本家人生60年。そして劇作家人生55年の軌跡が、現在進行形で進む。昔も今も、これからも――。

――創るということは愛するということ

倉本の「道」行きがそれの証し――。

倉本聰戯曲全集が刊行を始めたのが、2017年の1月。「走る」の最終公演の最中。

「ノクターン」と「明日、悲別で」のカップリングの第5巻目から。

なぜ、1巻目「谷は眠っていた」から出さないのかと様々な方から聞かれる。出せないのである。富良野塾の歴史三十数年分の資料がほとんど手つかずのまま、半分ゴミのように山の塾地に眠ったままになっていたため。塾生時代を思い出すと、その生活はいつもいっぱい〳〵だったため、まともな記録は残っていないのである。

先の両作は、震災後の上演作。資料ももちろん、製作にも直接携わっていたので、必要な資料がすぐに揃えられたゆえの最初の刊行。

意を決し、山に登り富良野塾でかび臭い資料を漁ると出るは出るは――なぜこんな重要な資料が眠ったままに？　そんな高レベルな資料に心を震わせられながら、担当している「界隈」がどんどん長くなるボリュームたっぷりになる！

凡ミスを一つ訂正――。2巻目「悲別」号の巻頭言。P3の後ろから三行目の最後。富良野塾が立った年1984年に、「舞台演出家」の肩書が倉本についた的なことを書いたが、「昨日、悲別で オンステージ」は翌年の製作上演。ここは、「1984年の翌年」と表記すべきところ。反省――。

筆者は北海道旭川出身の13期入塾。「走る」の初演の期。ゆえにそれ以降の作品は、実感を持って書き連ねられる。ゆえにそれ以前の作品の、特に成り立ちは当時のOBに聞いたり、ファイル資料を漁るしかなく、当時命がけで新作創りに没頭していた先輩諸氏にはもしかすると失礼の段、山のようにあることと思はれ。

ただし、一観客としては、「谷は眠っていた」初の全国ツアーの旭川公演（'89年2月17日・旭川市公会堂）から富良野塾の舞台を見続けているので、多少なりとも当時の塾生の熱さは強く感じているものと。


2018年1月29日。雪深い富良野塾を訪れ、無人のスタジオ棟に入る。

1988年1月29日のスタジオ棟柿落しの「谷は眠っていた」の初演からちょうど30年目のこの日。

誰もいないスタジオ棟の床に、残された沢山の傷跡になぜだか心が震えてくる。

床や梁は取り壊された近隣の小学校の体育館の廃材を使ったと聞くので、傷は元々あったものかもしれない。しかし、それぞれの傷が、あの芝居のあのシーン。この芝居のこのシーンという瞬間が感じられての小さな感動——。

「切り傷」は漢字で「創」とも書く。ここに残された床の切り傷は、まさしく「創」傷。30年分の「創」の跡。

公演の際に床には、パンチカーペットを敷くので、よほどのことがない限り傷なんか付くこともないはず。でも不思議とすべての所以(ゆえん)が芝居の稽古(シーン)と直結して見えてくる。

少し感傷的になりかけたが、その必要性はないことに気づく。ここは廃墟ではなく、まだまだ現役の施設。2月には富良野GROUPの後を倉本から受け継いだ11期生・久保隆徳が仕切るワークショップがここであり、「もしもあなただったら〜富良野警察物語」という作品の試演会も予定されているのだから。

富良野塾スタジオ棟。ここはまだまだ現役の施設。これからの現場——。


ここで生まれた様々な作品。

それは倉本が仕事場とした映像の世界に力を得た魅力ある劇空間。

映像的な舞台構成。それを人間力で舞台上に表現した点が大きな魅力。


自前のスタジオ棟があることが本当に大きい。今は更に進化した「富良野演劇工場」を自由に使えることがとても大きい。ほとんどの劇団の芝居創りは、「音響」は稽古の早い段階で参入するが、照明は劇場入りしてからの早くて前日。下手をすると、当日合わせなんてことがあると聞く。富良野塾の作品は、照明も早い段階から投入されるので、実際いろんなことが試せる。「試行錯誤」をくり返し納得がいくまで重ねられる。

「今日、悲別で」の稽古で、偶然紗幕に映った炭鉱夫の巨大なシルエット。そこから生み出された「影絵効果」。ここだから生まれた奇跡的な演出効果。

そうした舞台の枠を超えた、様々な表現効果は倉本聰だけ、富良野ＧＲＯＵＰだけという特別な劇表現がここから生み出された。

――その時まだ、スタジオ棟は建っておらず、小さな稽古場棟からだったけど、１９８５年の「昨日、悲別で オンステージ」

それまでに見たことのない劇空間に感動した観客が、舞台に殺到した。

倉本の胴上げ……まるで高校野球のような熱い「感動」が観客と一体になって表現された「本物」の現場。

進化する戯曲全集
イチバン進化させていただいたのは筆者であろう。
新しく見えてきたものが山のよう。
知ってるつもりで知らなかったこと。
別の視点で見て、気づいたこと。
劇作の海抜ゼロを探る旅は、きっと筆者自身の「創」にも大きな力を与えてくれるに違いないと感じる。

「界隈」のゲラを読んだ倉本が「ありがとう」と一言。
様々な苦労が一瞬で吹き飛ぶ一言。
でも本当に「ありがとう」は筆者から。
舞台に感動したたくさんの観客から。
戯曲に心揺さぶられたたくさんの読者から。
「倉本先生、ありがとうございます」

一応現段階では、この巻で「倉本聰戯曲全集」は最終巻であるが、未掲載の戯曲もあるし、きっと「新作」だって——。進化する全集であるゆえに、いつか続刊も、という期待の声もある。

テレビドラマで連続モノを放送する際、その回の終りに、テレビ画面の端にテロップが重なる——「つづく」と。

倉本ドラマの感動が「つづく」という、連続ドラマの醍醐味と幸せ。戯曲ではあり得ない終り方ではあるが、数々の名作ドラマを描き続けた倉本聰の「作品」であるゆえ、素敵な化学反応を期待しつつ、こう終える。

倉本聰　戯曲全集　――「つづく」

「地球、光りなさい！」登場人物

学　石川　慶太

頭　六条　寿倖

哲　芳野　史明

松田　久保　隆徳

パキ　水津　聡

音吉　東　誠一郎

レオ　紺屋　梓

φ（フィー）　井上　明子

μ（ミュー）　松本　りき

「オンディーヌを求めて」登場人物

二〇〇一年一〇月一八日～二一日
富良野演劇工場実験舞台vol.1

久米島　愛　　森上　千絵（富良野塾8期生）
谷村　めぐみ　　香川　葉月（富良野塾8期生）

二〇一〇年一一月一三日～二八日
富良野GROUP公演二〇一〇秋

あい　　三倉　茉菜
メグ　　三倉　佳奈

倉本　聰（くらもと　そう）

1935年生まれ、東京都出身。脚本家・劇作家・演出家。

東京大学文学部美学科卒業後、1959年ニッポン放送入社。63年に退社後、脚本家として独立。77年、富良野に移住。84年から役者やシナリオライターを養成する私塾「富良野塾」を主宰。同塾において数々の舞台作品を発表。

2010年に塾を閉鎖した後は、OBを中心として「富良野GROUP」を結成し、より高度に進化・深化させた創作活動に邁進中。

代表作に「北の国から」「前略おふくろ様」「ライスカレー」「風のガーデン」「やすらぎの郷」（テレビ）、「冬の華」「駅・STATION」（映画）など多数。

2006年より「NPO法人C・C・C富良野自然塾」も主宰。閉鎖されたゴルフ場に植樹して元の森に還す事業と、そのフィールドを使った環境教育プログラムにも力を入れている。

近年、趣味で描いた森の点描画が評判を呼び、各地で点描画展が開催中。

装画　倉本　聰

装幀　小林真理

倉本聰（くらもとそう）戯曲全集（ぎきょくぜんしゅう）第6巻（だいかん）
地球（ちきゅう）、光（ひか）りなさい！／オンディーヌを求（もと）めて

2018年4月25日　初　版

著　者　倉　本　　聰
発行者　田　所　　稔

郵便番号　151-0051　東京都渋谷区千駄ヶ谷4-25-6
発行所　株式会社　新日本出版社
電話　03（3423）8402（営業）
03（3423）9323（編集）
info@shinnihon-net.co.jp
www.shinnihon-net.co.jp
振替番号　00130-0-13681

印刷　光陽メディア　　製本　小泉製本

落丁・乱丁がありましたらおとりかえいたします。

ISBN978-4-406-06234-3 C0393　Printed in Japan

目次